Teodoras Četrauskas

Als ob man lebte

Literatur aus Litauen

Band 5

Teodoras Četrauskas

Als ob man lebte

Ein heroisches Märchen

Aus dem Litauischen
von Klaus Berthel

03. 11. 2002

ATHENA

Bücher aus Litauen

Die Übersetzung dieses Buches wurde gefördert von »Bücher aus Litauen« mit Mitteln des Ministeriums für Kultur der Republik Litauen.

Eine aufgesprochene Version des Buches für Blinde kann von Betroffenen ausgeliehen werden bei:
Deutsche Blinden-Bibliothek, Marburg/Lahn, Tel. 06421 606-265.

Die Deutsche Bibliothek – CIP-Einheitsaufnahme

Četrauskas, Teodoras:

Als ob man lebte : ein heroisches Märchen / Teodoras Četrauskas. Aus dem Lit. von Klaus Berthel. - 1. Aufl. - Oberhausen : Athena, 2002

(Literatur aus Litauen ; Bd. 5)
Einheitssacht.: Juozas - taktinis PGL patriotas <dt.>
ISBN 3-89896-121-4

1. Auflage 2002

Mellinghofer Straße 126, 46047 Oberhausen
www.athena-verlag.de

Druck und Bindung: Seimo leidykla »Valstybės žinios«, Vilnius
www.valstybes-zinios.lt

Gedruckt auf alterungsbeständigem Papier (säurefrei)
Printed in Petro Ofsetas, Vilnius, Lithuania

ISBN 3-89896-121-4

Dieses Buch ist der hart geprüften Generation meiner Eltern gewidmet.

1

Juozas lag in einem weißen Krankenhausbett, und es tat weh. Das eine Bein war eingegipst, von einem eindrucksvollen Gewicht in der Schwebe gehalten, auch die Brust zierte ein Gipspanzer, der Kopf war mit einem dicken Verband umwickelt. So glich er eher einem großen Käfer oder einer in ihren Kokon eingesponnenen Seidenraupe als einem Menschen. Einem Menschen, der von einem Auto überfahren wurde. Übrigens nicht einfach einmal überfahren, sondern gleich dreimal: vor, zurück, dann wieder vor. Ein wenig so, wie es dem seligen Pasolini erging. Nur überfuhr man Juozas nicht an einem azurnen Strand, sondern im Wald, im kalten Winter des Jahres 1947, in Tannenbergland, Heimstatt der Kriven und Vaidiluten[1]. Und ein weiterer Unterschied bleibt festzuhalten: Juozas hatte es nicht mit einem Jeep Cherokee zu tun, von einem Schwulen gelenkt, sondern mit einem rumpeligen Lastwagen, einer sogenannten Polutorka, gelenkt von wer weiß wem. Deshalb lag er jetzt hier, und es tat eben höllisch weh, vom Kopf bis hinunter zu den Zehenspitzen, überall dort, wo das Ungetüm hängen geblieben war, und dazu gehörten nicht wenige Körperstellen. Man hatte ihn ja nicht zufällig überrollt, sondern in voller Absicht. Diese Fahrkünste ähnelten nur allzu sehr den gleichfalls in Mode gekommenen Fangschüssen in den Hinterkopf. Kein Zweifel, man hatte ihn aus dem Leben befördern wollen, wollte nicht, dass er weiter auf dieser geliebten, aber auch verabscheuten Welt herumspazierte. Das verstand Juozas. Dennoch verspürte er keine übermäßige Traurigkeit. Sie haben das ihre getan, dachte er, aber du hast sie trotzdem hinters Licht geführt, hast sie geleimt, verarscht. Das war es vor allem, was Juozas beschäftigte. Früher, als er noch nicht überfahren worden war, hatte er gern in Synonymen gedacht, auch jetzt konnte er nicht davon lassen, umso mehr, als der Schmerz ein wenig nachgelassen hatte und ihn eine seltsame Ruhe überkam. Natürlich ahnte er, was das bedeutete. »Wenn es einem Menschen vom Kopf bis hinunter zum Bauch weh tut, dann geht es zu Ende mit ihm«, das war wie aus weiter Ferne die Stimme Rosalias, der Großmutter seiner Frau Judita. Sie belehrte gerade seinen Sohn Aurelius, der schon halbwegs erwachsen schien, in die dritte oder vierte Klasse ging und nicht mehr ein zweieinhalbjähriger Bengel war. Rosalia saß mit ihm auf der Ofenbank in Juditas elterlichem Haus, dort, wo man ihm geradezu feindselig begegnet war, als er um ihre Hand angehalten hatte. Eigentlich sind diese Proleten kein bisschen klassenbewusst, dachte Juozas. Und wenn, dann allenfalls diejenigen, die nichts als eben Proletarier sein wollen und das auch ihren Kindern und Enkeln wünschen. Aber gibt es solche? Seine Schwiegereltern hatten jedenfalls nicht zu denen gehört, sie ließen ihrer ältesten Tochter eine gewisse Ausbildung zukommen, dafür erhofften sie sich für sie einen Prinzen, und der kommt gewöhnlich auf einem weißen Schimmel daher, nicht wie er, Sohn eines armen Stadtschneiders, mit einem Raddampfer.

Das war für Juditas Eltern eine absolute Katastrophe, erinnerte sich Juozas, das Ende aller Hoffnungen, Bankrott, Fiasko, Weltuntergang. Dabei war es gerade Juditas Vater gewesen, ein asthmageplagter Holzfäller, der so gern an Demonstrationen teilgenommen hatte, mit Spruchbändern und Losungen, die das ruhmreiche Proletariat verherrlichten. Ein fundamentaler Widerspruch. Juozas rang sich sogar ein Lächeln ab über seinen Schwiegervater. Und eben daran, so schlussfolgerte er, sind die Bratoks[2] letztendlich gescheitert. Weil nämlich sämtliche Proletarier für ihre Töchter etwas Besseres wollten, mindestens den Sohn eines Landvermessers. Schon wunderte sich Juozas über seine sonderbar prophetischen Gedankengänge, den welthistorischen Niedergang der Bratoks betreffend, und das zu einer Zeit, als die gerade in Höchstform waren, einen Krieg gewonnen hatten und einen halben Erdteil dazu. Früher war er oft wütend gewesen auf seinen Schwiegervater. Aber jetzt war das alles gleichgültig, denn es sah wirklich nach Schluss, Ende, Finis aus. Die Symptome waren unmissverständlich. Ein beinahe schmerzfreier Zustand, und das ohne Morphium, selbst ein Hang zur Selbstbeobachtung und zu leichter Ironie ließ sich konstatieren. Aber merkwürdigerweise waren da keine Bilder, ausgenommen das von der Großmutter seiner Frau und dem Sohn, der ein gutes Stück gewachsen war. Im Finis-Falle werden doch dem Moribundus fortwährend Bilder präsentiert, der Film des Lebens spult noch einmal ab, ein kurzer Augenblick für andere, wie man weiß, aber lang genug für einen selbst. Es folgt der berühmte

Korridor mit dem Licht am Ende, erst dann scheint wirklich Sense zu sein, denn es weiß keiner, ob und wie es noch weitergeht. Vielleicht, ungewollt, die Rückkehr ins Leben, gerufen von irgendwem. Oder der Arzt verpasst einem eine Ohrfeige: »Dass du mir ja nicht abkratzt und die Statistik ruinierst, verstanden!« Auf jeden Fall geschah nichts von dem, was er früher gehört hatte, was andere erzählten oder die Literatur verkündete, und gerade dieses Thema galt doch, nebst der Liebe und dem Wein, als eines ihrer wichtigsten und fundamentalsten. Vielleicht, dachte Juozas, haben uns diese Zeilenschinder alle etwas vorgemacht? Oder dieser Prozess verläuft allzu individuell? Oder nehme ich an etwas ganz anderem teil, aber woran? Da war doch diese Polutorka, der Schmerz, die Großmutter, der Sohn aus der Zukunft, ein relativ schmerzfreies und klares Gedanken-Intermezzo. Und was ist das jetzt, träume ich? Wenn ja, dann habe ich wohl die ganze Zeit nur geträumt. Das wäre eine weitere Variante. Vielleicht existiert in Wirklichkeit gar nichts, es gibt nicht mal dich selbst. Und alles ist nur ein von irgendjemandem für dich arrangierter Film. Man glaubt darin mitzuspielen, obwohl man, wie in einem Kaleidoskop, nur Bilder vorgesetzt bekommt und dennoch alles fühlt. Fast so, als ob man lebte.

Das konnte Juozas gerade noch denken, als er das nächste Bild erblickte. Es war der Friedhof seines Heimatdorfes, daneben, unten am Flussufer, eine windschiefe hölzerne Kapelle. Die Uferböschung neigte sich kaum merklich zur Seite des Beobachters hin. Sie schien etwa zweihundert Meter vom letzten Haus des Ortes entfernt, den eine asphaltierte Straße durchzog. Asphalt? Staunend blickte sich Juozas um. Eine asphaltierte Straße, so etwas kannte er nur vom Hörensagen. Aber jetzt sah er, es war Asphalt. Auch hatte es in diesem Ortsteil nie eine Straße gegeben. Sehr merkwürdig, dachte Juozas und setzte seine Erkundung fort. Sonst schien alles wie immer: die Häuser, die Kirche auf der anderen Straßenseite, ihr gegenüber das elterliche Haus. Letzteres war nicht zu sehen, doch Juozas wusste, dass es sich dort befinden musste. Allerdings, in einiger Entfernung von der Kirche war der Ort in die Breite gewachsen, ebenso der Friedhof. Der war viel größer als zu der Zeit, als er ihn zum letzten Mal gesehen hatte, bei der Beerdigung eines Nachbarn war das gewesen, eines gewöhnlichen, an einem Herzschlag verstorbenen alten Mannes. Dessen Grab musste hier sein, genau an der Stelle, wo er sich jetzt befand, gegenüber dem Eingang zur Kapelle, acht oder neun Meter davor. Ein Bob-Beaman-Sprung, dachte Juozas und stutzte zugleich. Wer war dieser Beaman? Und woher dieser Sohn aus der Zukunft, dieser Asphalt und all das? Was hatte das zu bedeuten? In diesem Moment erblickte er eine Grabinschrift, dort, wo seiner Meinung nach der Nachbar hätte liegen müssen, der mit dem Herzanfall. »Juozas K. 1920–1947«. Außerdem befanden sich auf dem Stein noch zwei Inschriften: »Kazimieras K. 1894–1958« und »Gabriele K. 1896–1961«. Nachdem er seine Lebensdaten und die seiner Eltern gelesen hatte, lächelte Juozas verstehend.

Mit diesem Lächeln auf den Lippen fanden ihn am Morgen die Krankenschwester, der Arzt, seine Frau und all die anderen, die sich aus familiären Gründen oder von Berufs wegen für eine in ihren Kokon eingesponnene Seidenraupe bzw. für ein dreimal von einer Polutorka überrolltes menschenähnliches Wesen zu interessieren haben.

So lächeln diejenigen, die nach einer Erleuchtung während eines schmerzfreien Intermezzos die Augen schließen, ungestört von den Hinterbliebenen, die ihr Bedauern durch Weinen, Händehalten und auf andere Weise zu zeigen versuchen, wissend, so wie es auch Juozas wusste, dass er damit ein paar Leute enttäuschte, die ihm weit größere Qualen zugedacht hatten, sich nun aber mit dem Überfahrenwerden durch die Polutorka begnügen mussten.

Juozas waren diese irdischen Intrigen und Kabalen gleichgültig geworden, er war schon woanders und ein anderer. Was gingen ihn die Mühen an, die seiner Familie künftig vielleicht von Nutzen sein konnten. Dieser Tochter eines asthmageplagten Holzfällers, der auf den Ruhm seiner proletarischen Kaste bedacht war, ihn aber als Sohn eines armen Schneiders nicht anerkennen wollte. Dem zweieinhalbjährigen Bengel, dem er das Lied »Wir, zwei Brüderchen« beigebracht hatte. Der bereits am zweiten Tag seines Erdenlebens die Bratoks aus dem Haus vertrieben hatte, als die sich über Judita hermachen wollten und zugleich auch noch über die vor den Ariern gerettete Krummnasige. Dafür war er von General

Teufel mit dessen Taufpatenschaft beschenkt worden, eine außergewöhnliche Ehre, die der auf diese Weise Beschenkte jedoch überhaupt nicht zu würdigen wusste, eher für einen unerlaubten Luxus hielt und, nachdem er begonnen hatte, seine Nuckel durchzubeißen, in Opposition gegangen war zu allem und jedem. Der noch gar nicht das Licht der Welt erblickt hätte, im Mutterleib geblieben wäre, als sie vor drei Jahren davongelaufen waren, Fersengeld gegeben hatten vor den Bratoks, die zwar das Proletariat liebten, aber diejenigen, die nicht mehr Proletarier waren, gnadenlos aufs Eis setzten, wenn sie das Schiff bestiegen hätten, das unterwegs war ins Land der Arier, das die Bratoks, kaum dass es ausgelaufen war, sehr kunstvoll bombardierten, den Schiffsbauch nach oben kehrten, um alle, die ins Land der Arier gelangen wollten, zu ertrinken, unterzugehen, abzusaufen zwangen. Anwärter auf den Status künftiger Displaced Persons (DPs), Tellerwäscher, Nostalgiker, Seereiniger und andere Exil-Existenzformen krivisch-vaidilutisch-tannenbergländischer Menschen. Die Bratoks scherten sich um keine Rotkreuzflagge oder sie waren wütend, dass sie nicht ganz rot war.

Mit einem Wort, die, die raus wollten, samt Kommando und Bewachung, wurden auf Grund geschickt, während er und Judita, in deren Bauch schon der Bengel strampelte, am Ufer standen und alles mit ansehen mussten. Judita wollte in das nächste Schiff steigen, das, so meinte sie, würden sie sicher nicht mit Bomben belegen, aber Juozas reichte, was er gesehen hatte. Vielleicht hatten die Bratoks keine Ahnung von der Wahrscheinlichkeitstheorie, die sie wohl als bürgerlich, jedenfalls als nichtproletarisch verachteten, die Kunst des Schiffeversenkens, soviel stand fest, beherrschten sie jedoch hervorragend. Und so waren sie gezwungen, dorthin zurückzukehren, wo sie beide schon gearbeitet hatten, er als Schuldirektor, sie als Lehrerin, wo dann der Bengel das Licht der Welt erblickte, ohne im Mutterleib, in der vielleicht noch nicht salzhaltigen See, abgesoffen zu sein, ohne die Fische gefüttert zu haben, ohne – wie bei jenem Ex-Danziger – die sich an verschiedenem leblosen Fleisch labenden und zwischen Gerippen sich tummelnden Aale zu beglücken.

Sie richteten sich aufs Neue ein in dem Dorf; das ihnen nach Ende des Seminars zugewiesen worden war. Beide waren sie genau bei Kriegsbeginn oder wie es so schön heißt, am Vorabend desselben mit dem Studium fertig geworden. Nach dem Abschlussball, auf dem man gebührend feierte, konnten sie keinen Schlaf finden und verschiedenes Geflackere am Himmel hielten sie für ein Zeichen des Allmächtigen, für einen Fingerzeig Gottes, einen glücklichen natürlich. Aber sehr enttäuscht waren sie nicht, als sich am Morgen herausstellte, dass dieses Geflackere nicht Gottes Zeichen oder Fingerzeig war, sondern der Krieg, detonierende Bomben und Granaten, herumschwirrende Kugeln und Geschosssplitter. Das war kein irgendwie abstraktes Gotteszeichen, sondern eines, das anzeigte, dass die Bratoks abzogen, sich aus dem Staub machten, Fersengeld gaben, nachdem der arische Führer wortbrüchig ihren Staat angegriffen und nun auch ins Land der Kriven und Vaidiluten seinen Fuß gesetzt hatte. Ein Land, das die Bratoks sich erst unlängst mit Wissen des arischen Führers einverleibt hatten, infolge eines von beiden Außenministern unterschriebenen Vertrags, der den Bratoks erlaubte, einzumarschieren, ohne dass ein Schuss fiel, und umgehend mit der Umerziehung der Einheimischen zu beginnen. Um schon bald darauf gebeten zu werden, dass man das Land in den Verband der brüderlichen Länder aufnehme, um diesem, wie ein Vertreter aus Tannenbergland sich ausdrückte, die Sonne ihres Führers zu bringen.

Und die Bratoks kamen, zu Fuß und auf Rädern, mit rumpelnden und klapprigen Polutorkas, mit qualmenden Tanks, mit struppigen Pferden, deren Zaumzeug mit Stricken zusammengeknotet war, mit durchschwitzten Militärblusen, ein martialischer und zugleich erbarmenswerter Anblick, gleichgültig überdies gegenüber jeglichem Putz und Flitter, was ihnen bei den gut genährten und gekleideten Einheimischen ein geringschätziges Lächeln einbrachte. Als wüssten sie schon im Voraus, dass deren hohe Militärs sich bald im Theater mit ihren Frauen in Unterröcken, die diese für Abendkleider gehalten hatten, präsentieren würden. Diese Parade versetzte die eigenen Militärs in Wut, die schmucke Uniformen, Ordensspangen und Schützenschnüre liebten, aber, als es ernst wurde, auf höheren Befehl hin nicht einen einzigen Schuss in Richtung der Bratoks abgegeben hatten.

Die Bratoks weckten diese oder jene Hoffnung bei den Bauern, die billiges Eisengerät begehrten, erfreuten einen gewissen Teil der Tannenbergland-Bewohner, die meinten, sie hätten nun Glück, und die nun diese Freude laut und öffentlich zum Ausdruck brachten. Denn die Bratoks waren ihnen viel besser gesinnt als die Arier, die diesen Bevölkerungsteil aufgrund bestimmter anthropologischer Standards in den von ihnen einverleibten Ländern industriell vernichteten. Deshalb war diesem Teil der Bevölkerung die Ankunft der Bratoks lieber als die der Arier, würden doch die Bratoks angeblich nur den Teil, der sich bereichert hatte, unterdrücken, jenen aber, der nicht reich war, nicht anrühren. Deshalb freuten sie sich, denn die mögliche Unterdrückung nur eines Teils war schließlich besser, als alle Teile hinter Stacheldraht zu bringen, zu liquidieren, in Rauch aufgehen zu lassen, unter den Rasen zu bringen.

So waren theoretisch die Bratoks die Unterdrücker nur eines Bevölkerungsteils, während sich vor den Ariern alle zu fürchten hatten, denn diese erkannten nur sich selbst an, die anderen beurteilten sie nach einer von ihnen erdachten Voll- bzw. Minderwertigkeitstabelle. Den Bewohnern dieses Landes kam darin kein sehr ehrenwerter Platz zu – vielleicht war das die Rache für die wirklichen krivisch-vaidilutischen Von-Meer-zu-Meer-Zeiten[3], denn hinsichtlich Blondheit, Blauäugigkeit und Langköpfigkeit waren die Einheimischen dem arischen Ideal nicht fern und überboten es manchmal sogar.

So hatte der überwiegende Teil der Bevölkerung aus dem Tannenbergland der Kriven und Vaidiluten, selbst die Blonden, Blauäugigen, Langköpfigen unter ihnen, gar nicht zu reden von den Dunkelhaarigen, Krummnasigen und Braunäugigen, theoretisch von den Ariern nichts zu hoffen, und so gesehen waren die Bratoks vielleicht doch besser.

Aber in der Zeit vor der Ankunft der Arier hatten die Ankömmlinge, die ihre Neue Ordnung einführten, so viel Schlimmes angerichtet, dass, als die Arier sich der Grenze näherten und bald darauf ihr Feuerwerk losließen, die Schüler es irrtümlich für einen

Fingerzeig Gottes gehalten hatten. Die trügerische Güte der Bratoks war längst vergessen, sie wurden hinausgejagt aus dem Tannenbergland der Kriven und Vaidiluten, innerhalb weniger Tage, fast allein von örtlichen Einwohnern mit weißen Armbinden, denjenigen, die sie zuvor, ohne einen Schuss abzugeben, hereingelassen hatten und die ihnen nun enthusiastisch, mit allem, was sie gerade zur Hand hatten, hinterher ballerten. Als wollten sie sich dafür entschuldigen, zuvor absolut keinen Schuss abgegeben zu haben.

Gründe dafür gab es genug. Die Bratoks hatten jene, die besonders frech grinsten, ans Eismeer verfrachtet, zum Fischfang zusammen mit den weißen Bären, sie hatten den arroganten Militärs deren Platz gezeigt, hatten sich nicht um billiges Eisengerät für die Bauern gekümmert, ihnen aber dafür den ausländischen Markt verschlossen, obendrein erhoben sie Pflichtabgaben, um den Bedürfnissen anderer Bewohner ihres Landes gerecht zu werden. Die eingesessenen Bauern hatten sich, so schien es, ein wenig geirrt, denn nach der Neuen Ordnung der Bratoks waren sie zuerst einmal auf gleiches Niveau zu bringen mit den vorerst bescheidener lebenden Menschen im Osten, und erst danach war ein allen gemeinsames Wohlergehen geplant. Diejenigen, die das nicht verstanden, politisch also nicht ausreichend gebildet waren, reisten ebenfalls in ihr kaltes Land zur Umerziehung, genauso wie auch die von den Ariern gehassten Braunäugigen. Aber die hatten auch nichts anderes erwartet.

So wurden also die ohne einen Schuss empfangenen Bratoks mit vielen Schüssen hinausbegleitet, mit Zustimmung eines überwiegenden Teils der Bewohner. Es trauerte wahrscheinlich nur der von den Ariern nicht geliebte Teil, von dem einige Vertreter sofort, noch vor der Ankunft der Arier, in eine Garage gepfercht und getötet wurden. Offenbar als Rache dafür, dass sie sich seinerzeit über die Ankunft der Bratoks gefreut hatten. Das können sie bis heute dem Großteil der Tannenbergland-Bewohner nicht verzeihen.

Damals erschienen die theoretisch schlimmeren Arier dem größeren Teil der Einheimischen als nicht sehr schlimm. Sie sollten sich erst später in ihrer ganzen Scheußlichkeit zeigen, nachdem sie mit den Bratoks aufgeräumt hatten, die sie anfangs ziemlich erfolgreich bis vor die Tore ihrer Hauptstadt gejagt hatten, um dann, als die Bratoks sich erholten und zum Gegenschlag ansetzten, selbst langsam den Rückzug anzutreten. In diesen Zeiten des Hin und Her, des Vordringens und Zurückweichens, spürten die Tannenbergland-Menschen, wie man so schön sagt, den Stiefel der Okkupanten. Doch nach dem Stiefel der Bratoks war der ziemlich erträglich, besonders für Juozas und Judita, junge Lehrer, die dazu neigten, vaterländische Hymnen zu singen, ein Vergehen, für das die Bratoks einen umgehend nach Norden zur Abkühlung schickten.

Sie lebten ruhig in dem Dorf ihrer ersten Bestimmung in diesen drei Arierjahren, zwar nicht wie die Maden im Speck, aber ohne Hunger zu leiden, indem sie die Dorfjugend und dazu noch die eines Waisenhauses lehrten, was diese in ihrer Zukunft benötigte. Aber in welcher Zukunft? In einer von den Ariern beherrschten, wieder von den Bratoks besetzten, zum Wohle eines abermals unabhängigen Tannenberglandes der Kriven und Vaidiluten? Nein, so weit dachten sie nicht, und wenn sie es dachten, dann sagten sie es nicht. Oder sie dachten unbewusst, das heißt, ohne es selbst zu begreifen, aber sie taten so, als ob sie es begriffen. Und sie sprachen und dachten sehr einfach. Juozas zum Beispiel freute sich jeden Morgen, wenn er aufwachte, dass er sein Brot nicht mit Ackern und Pflügen verdienen musste, im Frühjahr und im Herbst Heu, Getreide, Grummet mähen, Heu, Getreide, Grummet in den Stall fahren, Getreide, Erbsen, Bohnen, Flachs dreschen, täglich dreimal Schweine, Kühe, Schafe, Pferde füttern, überall ausmisten, Kühe, Ziegen und andere Milch gebende Tiere melken, Butter schlagen, um daraus Quark, Käse und Rahm herzustellen, zwei-, dreimal in einer Saison pflügen, jäten und eggen, im Frühjahr pflanzen und im Herbst die Ernte einbringen, sie den Winter über umsortieren und zittern, dass sie nicht fault. Da gab es landwirtschaftliches Gerät zu reparieren, aus Hanf Seile zu flechten, Brennholz zu transportieren, um sich dann abermals den Frühjahrsarbeiten zu widmen. So wie das die meisten Menschen seiner Umgebung taten, unter ihnen auch sein Vater, der vom Hosennähen und der Anfertigung von Loden- und Lammfelljacken allein nicht leben konnte und zusätzlich noch sechs Hektar Land bearbeitete. Gar nicht zu reden von Juditas Vater, der seinen Lebensunterhalt mit dem Fällen von Bäumen verdiente, was ewiges Sägen und Axtschwingen bedeutete, Wegrennen vor Tannen und Fichten, die nach Lust und Laune umfielen, die entästet und zersägt werden, auf einer Kleinbahn gestapelt und transportiert werden mussten, hinunter zum Vater der Flüsse[4], wo man sie zu Flößen zusammenband und auf dem Wasserweg beförderte.

Juozas freute sich, dass er all das nicht zu tun brauchte, dass er sich ernähren und anständig kleiden konnte und ein Dach über dem Kopf hatte. Dass er Stundenpläne zusammenstellte, bei seinen Kollegen hospitierte, selbst Biologie und Erdkunde unterrichtete und nach dem Unterricht Hefte korrigierte, das hieß vergleichsweise unabhängig zu sein vom Zustand der eigenen Muskeln und den Launen der Natur. Anders ausgedrückt: Er erfreute sich der Vorzüge der, wie es damals hieß, »Ersten Generation nach dem Pflug«, und er verkündete es gleichsam mit seinem ganzen Sein: »Seht mich an. Ich habe mich gehörig angestrengt und brauche jetzt nicht zu schwitzen und im Mist, im Dreck zu waten. Ich laufe herum mit blitzblanken Lederstiefeln, im Anzug und mit Schlips, jeden Tag mit einem sauberen Hemd und ich benutze Rasierwasser. Die Stiefel putze ich täglich, nicht, wie andere Dorfbewohner, nur an Sonn- und Feiertagen. Ich bin einer von den ersten Leuten im Ort und spiele Patience mit dem Priester. Und meine Frau, seht sie euch nur an. Ich habe die schönste Frau aus dem Dorf und der ganzen Umgebung geheiratet, das tollste Mädchen im Seminar. Die ist mir zugefallen. Und zwar deshalb, weil ich... ja, weshalb eigentlich? Deshalb, weil ich unbedingt der sein wollte, der ich jetzt bin.«

Er war gleichsam eine lebende Reklame für den Nutzen der Wissenschaft. Eine stumme Reklame, denn wenn etwas war, dann zuckte er nur mit den Schultern, als wollte er sagen: »Seht mich an und tut, was zu tun ist, wenn euch das Resultat gefällt.«

War Juozas wirklich völlig zufrieden? Ja, wenn wir von seiner Arbeit und seiner gesellschaftlichen Stellung reden, denn vorerst gab ihm weder das eine noch das andere Anlass sich zu ärgern. Er verstand sehr gut, was ihm erspart geblieben war. *Sapientis sat*. Es gab Dinge, die musste man nicht erst ausprobieren, nur um zu sagen: »Das liegt mir nicht, ich will das nicht!« Um zu wissen, was er nicht wollte, reichte es ihm zu sehen, wie physische Arbeit leistende Menschen sich abmühten, und dazu noch die Arbeit während der Ferien auf dem Hof seiner Eltern. Mit anderen Worten, er mochte den Pflug nicht, der zum Symbol seines Volkes geworden war, er wollte, dass etwas anderes, ein Zirkel etwa, eine Lyra oder ein Buch für ihn Symbolwert hatten. Ein Volk konnte doch nicht ewig nur pflügen. Und er sah sich von seinen Eltern unterstützt, die ihn etwas lernen ließen. Seine Schwestern waren stolz auf ihn, die Mädchen im Dorf ihm geneigt, allenfalls die Burschen mochten ihn nicht, aber auch die hätten gern mit ihm getauscht.

Er war zufrieden mit seiner Familie, seiner Heirat mit Judita, jenem anfangs prächtigsten Mädchen im Seminar, mit madonnenhaftem Gesicht und langem, schwarzem Zopf, später der schönsten Frau weit und breit, Lehrerin in der von ihm geleiteten Schule, die der Jugend des Dorfes die Kunst des Schreibens und Rechnens beibrachte, Tochter eines Holzfällers. Und offenbar mit einem guten Viertel besseren oder sogar blauen Blutes, denn die Frau des Holzfällers war die uneheliche Tochter einer gräflichen Bediensteten – der Grafensohn wurde, bevor die Frau des Holzfällers geboren wurde, nach London geschickt, von wo er nicht zurückkehrte, die sitzen gelassene Schwiegermutter des Holzfällers bekam in der Nachbarschaft des Gutes ein Häuschen zugesprochen, mit einem schönen Blick auf den majestätisch dahinfließenden Vater der Flüsse. Dieses etwaige Viertel besonders kostbaren Blutes hatte Judita, möglicherweise, zu der gemacht, die sie war, zu der ersten unter den Mädchen des Seminars und auch der Damen ihrer Umgebung, obwohl sie sich, was ihre offizielle Herkunft betraf, nicht im Entferntesten mit denen messen konnte. Und Juozas wusste das zu schätzen. Obwohl er kaum Erfahrungen hatte, begriff er den Unterschied zu dem, was er das eine oder andere Mal auf dem Heuboden seines Heimatdorfes erlebt hatte.

Auch Juozas und Judita taten in den düsteren Jahren der arischen Okkupation das, was junge Menschen interessiert, die sich aneinander erfreuen. Sie entdeckten ihr persönliches Kamasutra, machten die Sache schnell, dann wieder absichtlich langsam, nicht nur Gesicht zu Gesicht, sondern auch gänzlich anders, ohne zu wissen, ob das nun gut sei oder nicht. Und natürlich wagte nicht einer den Priester zu fragen, der, wie gesagt, mit Juozas Patience spielte und gern zu ihnen zu Besuch kam, aber kaum in der Lage gewesen wäre, etwas Ernstes zu dieser Frage beizusteuern, verstehen doch katholische Priester wenig davon, erkennen es nur als Mittel der Fortpflanzung an und nicht als Vergnügen... Außerdem war er nicht irgendein Weltweiser, sondern nur, wie Juozas, eine lebende Reklame für seinen Berufsstand.

War Juozas' und Juditas Liebe ohne jeden Schatten, einfach nur heiß, rein, schamlos, unversiegbar, schön und treu? Wenn wir davon absehen, dass Judita Juozas zuweilen mit ihren Fingernägeln Brust, Rücken und Gesicht zerkratzte, weil sie ihm die paar Abenteuer in der heimatlichen Scheune nicht verzeihen konnte. Dass sie ihn nicht gern allein dort hinließ, wo es passiert war, als hätte Juozas nicht begriffen, dass er nicht diese Damen brauchte, sondern jemanden wie Judita. Als wären diese ersten Damen nicht selbst schon verheiratet und Juozas und die eigenen Jugendsünden im Heu nicht längst vergessen. Juditas kompliziert gemischtes Blut geriet mitunter in Wallung, wenn sie sich an das dumme Bekenntnis erinnerte, gedacht zur Beruhigung, dass alles gut werde, dass er ja die Sache schon versucht habe und etwas davon verstehe, und es bei ihnen klappen würde. Dann beharkte Judita, sobald sie sich wieder an dieses Bekenntnis erinnerte, Juozas die Brust, den Rücken und das Gesicht, aber das war später ihrer Liebe nur von Nutzen. So kann man sagen, dass ihre Liebe in den Zeiten der arischen Okkupation und der Rückkehr der Bratoks heiß, rein, schamlos, beständig, schön und treu war. Bis zu dem Tag, an dem man Juozas dreimal mit der Polutorka überfuhr.

Wäre es eine Jahrhundertliebe, eine Jahrtausendliebe geworden – wer kann das sagen? So wurde Juozas' und Juditas Liebe nur eine Siebenjahresliebe mit eigenem Kamasutra, mit ihren Entdeckungen und mit Blut, dem Salz ihrer heißen Leidenschaft. Man kann nur vermuten, dass sie ziemlich lange gedauert hätte, vielleicht bis zum Lebensende des einen oder anderen, und man hätte von dem Bengel, den Judita gebar, Kinder, Enkel und selbst Urenkel erwarten können. Über diesen Zeitraum hinweg hätte alles passieren können. Zum Beispiel hätte Judita ihr kompliziertes Blut nicht mehr im Zaum halten und irgendeine entscheidende Dummheit begehen können, und dann wäre Juozas... Doch das ist schon der Bereich der Möglichkeiten, Vermutungen, Variationen –nur glaubwürdig, wenn wir uns an lange Liebesgeschichten erinnern, zu Papier gebracht oder uns anderweitig bekannt, bei denen man am Ende nicht weiß, ob es sich für die Partner überhaupt gelohnt hat, sich in diesem Tal der Tränen zu treffen, ob ihr Leben in solcher Nähe nicht ein einziges 25, 30, 50 Jahre dauerndes Elend gewesen sei, und wozu das überhaupt alles gut war. Aber die abgebrochene Liebe der beiden finden wir bedauerlich, wie jede von irgendjemandem brutal unterbrochene Leidenschaft, die vielleicht hätte ein anderes Beispiel geben können.

So beklagte sich Juozas im Allgemeinen nicht über seine gesellschaftliche Stellung und seine Familie, er war dem Dorf eine wandelnde Reklame für den Nutzen der Wissenschaft und vielleicht auch für ein glückliches Familienleben in den dennoch düsteren Jahren der Okkupation der Arier und des Kriegs mit den Bratoks. Immerhin, die Arier forderten von ihm als Lehrer keinerlei Tribut, beriefen ihn nicht in ihre Armee, befahlen ihm nicht, gegen die Bratoks oder an irgendeiner anderen Front zu kämpfen, zahlten ihm sogar ein bescheidenes Gehalt, und ließen sich selbst gar nicht blicken in dem Dorf mit den dutzend Häusern. Aber gefielen deshalb Juozas die Arier und deren Herrschaft?

Juozas gefiel es, der erste in seiner Verwandtschaft zu sein, der sein Brot nicht mit körperlicher Arbeit verdiente und der, während irgendwo weit weg der Krieg wütete, mit Judita zu leben, der ersten Dame aus dem Dorf und der Umgebung. Und vorerst gefiel ihm keine Macht und Herrschaft – weder die eigene, die ihm in den Ohren gelegen hatte mit ihrem Patriotismus, mit Reden über die Pflicht gegenüber Tannenbergland, über die Burg Pilenai und die Selbstopferung ihrer Verteidiger im Kampf gegen die Ordensritter[5], über die tapferen Flieger Darius und Girenas[6], über die Kriven und Vaidiluten. Die arrogant war und unzugänglich, nur um dann, als die Bratoks kamen, umgehend Fersengeld zu geben. Auch nicht die global gleichmacherische Herrschaft der Bratoks, die alles dermaßen auf den Kopf gestellt hatten, dass Juozas nicht enttäuscht war, als sich herausgestellt hatte, dass das Geflacker in der Nacht ihres Studienabschlussfestes kein Zeichen Gottes war, sondern das Herannahen der Arier ankündigte. Auch nicht die rassistisch programmierte Herrschaft der Arier, die ihm vorläufig nichts getan, aber schon gezeigt hatte, wozu sie fähig war, indem sie diejenigen fabrikmäßig vernichtete, die es in ihren Augen verdient hatten, vernichtet zu werden. Nichts Gutes erwartete er auch von jeglicher Nachkriegsordnung (der Krieg würde ja irgendwann zu Ende sein). Wie wird sie sein: arisch, bratokisch, abermals völkisch oder irgendwie kombiniert?

Und was würde sie Juozas geben können? Die Frage war im Prinzip falsch gestellt: Macht gibt nicht, sie lebt von solchen wie ihm.

Bisher war sie nicht sonderlich hinderlich gewesen. Juozas war aufgewachsen und hatte seinen Abschluss gemacht in den völkischen Zeiten, dann in denen der Bratoks, er hatte am letzten Tag ihrer Herrschaft sein Examen bestanden. Die Arier hatten ihn arbeiten lassen. Und wieder ließ man ihn und störte ihn nicht. Er selbst hatte erreicht, dass man ihn ließ und nicht störte, vorerst. Aber zugleich konnte ihm nicht verborgen bleiben, dass auf der Mutter der Flüsse[7] in großer Zahl Kähne, Boote, Flöße, Wasserfahrzeuge aller Art unterwegs waren, und auf ihnen Leute, die ihrer Zukunft keineswegs so sicher waren. Näherten sich doch abermals die Bratoks, die vor einigen Jahren schon einmal das Land auf den Kopf gestellt hatten.

Die Kähne, Boote, Flöße bewegten sich auf der Mutter der Flüsse stromabwärts, um auf ihr den Vater der Flüsse zu erreichen, und über diesen das Meer, von wo, so sagte man, Schiffe ausliefen ins Land der Arier. Und die darin saßen, waren eher geneigt, den nur sich selbst liebenden Ariern zu vertrauen und nicht den alle liebenden und umarmen wollenden Bratoks, die noch grimmiger zurückkehren würden, als sie beim ersten Mal gekommen waren, denn sie waren mit viel Häme hinausbegleitet worden, und würden nun noch gründlicher ihre Neue Ordnung durchsetzen. Denen dann vielleicht auch Juozas und Judita im Wege sein würden, als schon Nicht-mehr-Proletarier, die in den Zeiten der Arier gearbeitet hatten, als Vertreter jenes Berufsstandes, der seinerzeit so entschlossen die nationale krivisch-vaidilutisch-tannenbergländische Hymne gesungen hatte, obwohl man schon kräftig die Hymne der Bratoks anzustimmen hatte. In solchen Fällen konnten dann selbst das Asthma von Juditas Holzfäller-Vater oder die Nähnadel von Juozas' Vater als Empfehlung nicht mehr ausreichen. »Und was hast du getan, als wir an der Front Blut vergossen?«, würden die Bratoks fragen. Und Juozas' Antwort, dass er eine Reklame für den Nutzen der Wissenschaft und Familienglück sei, würde wohl nicht gut ankommen. Juozas begann zu zweifeln hinsichtlich seiner Zukunft in einem von den Bratoks regierten Land. Und Judita war längst alles klar.

»Verschwinden wir von hier. Rudern wir los«, sagte sie und zeigte auf einen von irgendwoher ergatterten Kahn, den sie vorzüglich zu rudern verstand, war sie doch am Vater der Flüsse aufgewachsen, sie ängstigte nicht der Weg auf der Mutter der Flüsse und dann weiter zum Meer, obwohl der Bauch ihr schon beinahe das Kinn stützte mit dem darin strampelnden Bengel. Ihr kassandrisches Gefühl kannte keinerlei Zweifel. »Den Fluss hinab, den Fluss hinab« – so summten die beiden die Worte eines damals noch nicht bekannten Liedchens, ruderten und paddelten tatsächlich bis zum Meer, zusammen mit dem Teil, der die alle liebenden Bratoks fürchtete und nur den sich selbst liebenden Ariern vertraute, Menschen aus Tannenbergland, die DPs, Tellerwäscher, Nostalgiker, Straßen-, Toiletten- und Seereiniger werden wollten, die sich plötzlich massenweise für Wassersport, Tourismus, Rudern begeisterten. Sie waren aufgebrochen und wieder umgekehrt, nachdem sie die Kunst des Schiffeversenkens der Bratoks gesehen und sich nicht auf die Wahrscheinlichkeitstheorie verlassen wollten.

Und so kehrten eine heftig widerstrebende Judita zurück und ein plötzlich zu sich gekommener Juozas, der auf einmal dorthin wollte, wo es ihm gut gegangen war, und der auf Juditas kassandrische Prophezeiungen pfiff. »Sie werden uns nichts tun«, erklärte er der widerstrebenden Judita und begann plötzlich den Bratoks zu vertrauen. »Weshalb auch sollten sie... Wir haben doch nichts verbrochen, haben seinerzeit, erinnerst du dich, sogar ihre Aktivistenlisten verbrannt, damit sie den Ariern nicht in die Hände fielen, und so vielleicht mehr als einen gerettet. Wo doch die Arier Aktivisten vernichtet haben.« Plötzlich war er zum Patrioten geworden, obwohl er patriotische Reden hasste. »Was wird von unserem Land bleiben, wenn alle davonschwimmen, davonfahren, mit den Ariern weggehen? Die Bratoks werden anrücken und danach wird es sein, als wäre nichts gewesen. Ade Vaterland! Wer wird die Kinder unterrichten, wenn von uns keiner mehr da sein wird? Nein, nein, öffnen wir die Fensterläden und leben wir.« Juozas gebärdete sich wie ein krivisch-vaidilutischer Propagandist, und das zu einer Zeit, als die richtigen Propagandisten schon abgehauen, Fersengeld gegeben, sich aus dem Staub gemacht hatten oder sich eben gerade mit den Ariern zurückzogen. Er war mit Judita zurückgekehrt, mit dem von den Fischen verschont gebliebenen Bengel in ihrem Bauch, der sich darauf vorbereitete, sich von einem Fisch in einen Säugling zu verwandeln, aus einem stummen Strampler in einen plärrenden und schreienden Strampler. Juozas stemmte sich geradezu gegen den allgemeinen Strom, als sehne er sich nach den Bratoks, als wäre er ihr Parteimann, als erwartete er von ihnen irgendetwas.

So benahm sich Juozas, sollte das noch keiner bemerkt haben, überaus widersprüchlich. Er hasste Propaganda und betrieb selber welche, er mochte die Bratoks nicht, und dennoch zog es ihn dahin, wo sie bald sein würden, statt mit all denen, die sie nicht mochten, zu fliehen. Aus einem, der passiv mit dem Strom schwamm, war er zu einem Schwimmer gegen den Strom geworden, der zurück wollte. Und er verurteilte andere, die Tannenbergland verließen und verrieten, es den Bratoks überließen, die, wenn sich alle so betragen würden, bald das Land als von jeher zu ihnen gehörend bezeichnen würden. (Die Bratoks hatten nämlich so eine Angewohnheit: Wo immer sie einen Fuß hinsetzten, gehörte die Erde seit Jahrhunderten ihnen.) Juozas nannte die Flüchtenden patriotische Maulhelden, und sich selbst hielt er für einen wirklichen Patrioten, obwohl auch er selbst bis zum Meer gerudert war. Aber vielleicht waren sie alle Patrioten, sowohl die, die Tannenbergland verließen, als auch der in sein geliebtes Dorf mit den dutzend Häusern zurückkehrende Juozas und die, die sich gar nicht vom Fleck bewegten, und die widerspenstige Judita, all diejenigen, die beunruhigt waren wegen des erneuten Heranrückens der Bratoks. Patrioten, aber von unterschiedlicher Art: Strategische Patrioten, das waren die, die ihr Land verließen, um in der Fremde zu bezeugen, dass es überhaupt so etwas wie ein Tannenbergland gab; taktische Patrioten wie Juozas, die sich nicht in Kähne, Fuhrwerke, Autos und Züge gesetzt hatten, um dasselbe vor Ort zu bezeugen; mit der Nachkommenschaft eines Volkes befasste Patrioten wie die dickbäuchige Judita, die kassandrisch alles spürte, doch dem auf einmal zum taktischen Patrioten gewandelten Juozas gehorchte, der nicht begriff, was ihn das kosten würde.

Alle waren sie keine vermeintlichen, sondern wahrhaftige und wirkliche Patrioten ihres Landes, die in einer kurzen Zeit sowohl die Herrschaft der Bratoks als auch die der Arier ausprobiert hatten und denen sehr klar war, dass die eigene Herrschaft, selbst wenn sie noch so miserabel war, immer noch besser war als jede fremde. Sie konnten von einer eigenen Regierung nur träumen, hielten sich für die jeweils einzig wahren Patrioten und waren sich gegenseitig nicht grün. O Laune des Schicksals, was tust du mit den Menschen, was machst du aus ihnen, welche Saat säst du unter ihnen aus, und was wird aus ihr erwachsen?

2

Eine Frage, auf die Juozas keine Antwort geben konnte, denn die Saat, um im Bilde zu bleiben, war noch nicht aufgegangen. Er wollte nichts als zu seinem Haus und fand es, o Wunder, gegen den allgemeinen Strom und unversehrt, öffnete die Fensterläden, zusammen mit der hochschwangeren, jeden Augenblick niederkommenden Judita. Von den Bratoks war noch niemand zu sehen. Irgendwo waren sie aufgehalten worden, konnten das Dorf nicht so schnell befreien, wie sie sich ausdrückten, oder erneut okkupieren, wie es bei den Tannenbergland-Leuten hieß, es gab da lexikalische Differenzen. Die Armeen der Arier gedachten, ihnen noch heftig Widerstand zu leisten, nicht so schnell Fersengeld zu geben, wie man es drei Jahre zuvor bei den Bratoks gesehen hatte. Ihr Führer nannte das, womit sie jetzt vorrangig beschäftigt waren, Frontbegradigung. Gelänge es erst einmal, so erklärte er, die Front anständig zu begradigen, dann könnte man von da erneut vorrücken und die Bratoks zurückjagen, bis weit nach Osten, noch über deren Hauptstadt hinaus. Das war umso wahrscheinlicher, als arische Wissenschaftler offenbar dabei waren, Wunderwaffen zu fertigen, von so grandios-verheerender Wirkung, dass nach deren Einsatz nichts weiter zu tun blieb als da, wo die Einheiten der Bratoks soeben pulverisiert worden waren, die eigene Fahne aufzupflanzen. Die war übrigens auch rot, nur mit dem arischen Zeichen. Der neue Feldzug ließ sich am besten von einer begradigten Front aus in Szene setzen und gleichmäßig in Reih und Glied marschierend, nicht der eine vorneweg, der andere hinterher. Ihr Führer, der Vorsehung vertrauend, wartete nur auf den Moment, in dem Frontbegradigung und Wunderwaffenfertigung zusammenfielen, denn dann war das gleichmäßige Voranschreiten besonders effektvoll. »Wenn die Soldaten durch die Stadt marschieren.« Noch in den Wochenschauen sollte es den arischen Nachfahren präsentiert werden.

So tönten der arische Führer und sein Oberkommando, und vielleicht war das ein Fehler, es wäre besser gewesen, still ihre Front zu begradigen und die Wunderwaffen herzustellen, denn die Bratoks, vor allem als sie von den Wunderwaffen hörten, hatten nun allen Grund sich zu beeilen. Wunderwaffen fürchteten sie, auch früher hatten sich die Arier bei der Produktion diverser Militärtechniken hervorgetan, und das, was man jetzt von dort zu hören bekam, war vielleicht mehr als nur Propaganda. Die Bratoks verdoppelten also ihre Anstrengungen, Juozas' und Juditas Dorf zu befreien. Beunruhigt waren sie und die anderen taktischen Patrioten, die dageblieben waren, um auch weiterhin die Existenz ihres Landes zu bezeugen, die sich nicht abgesetzt hatten zusammen mit den Frontbegradigern und Wunderwaffenfertigern, an ihren Führer und an ihre Stunde immer noch glaubenden Ariern. Die keine strategischen Patrioten geworden waren und später DPs, Tellerwäscher, Sanitärtechniker, Seereiniger, mit der lobenswerten Eigenschaft, nicht unter Brücken zu schlafen, stets zusammenzubleiben, Volkschöre zu gründen, ihre schon im Ausland geborenen Sprösslinge in Sonntags- und Exilschulen zu quälen und nicht zur Ruhe zu kommen, ohne – ohne was? Ohne dieses Bild, das sich in ihren Köpfen und Herzen eingebrannt hatte, als sie sich einst ein letztes Mal umgedreht hatten zu ihrem heimatlichen Gehöft, ihrem Dorf, ihrem Städtchen, ihrer Küste – dieses idyllische Bild, das es vielleicht längst nicht mehr gab und das sie nun für immer und ewig vor Augen haben würden. Yes!

Mochten diese ihre strategische Funktion erfüllen, in fernen Ländern eigene Schulen, Konsulate und Chöre gründen, tannenbergländische Enzyklopädien und Geschichtsbücher verfassen, über diverse »Stimmen« zu den Zurückgebliebenen sprechen, dem Land war das von Nutzen, langfristig-strategisch zumindest.

Und die taktischen Patrioten, was taten die, als erneut jene anrückten, die schon einmal gezeigt hatten, wie ein Paradies auf Erden auszusehen hatte? Anfangs wurden alle auf das gleiche Niveau gebracht, auf das unterste, versteht sich, erst dann gedachte man gemeinsam voranzuschreiten, ein Verfahren, das der arischen Frontbegradigungstaktik verblüffend ähnlich sah. Wie war dieser niedrigste Sozialstatus zu ermitteln, nach tannenbergländischen Standards oder nach denen der Bratoks? Legte man den Bekleidungs- und Ernährungsstandard der Letztgenannten zugrunde, dann konnte sich nicht einmal Juozas' Vater, der Nähnadelbesitzer, oder der von Judita, der Asthmabesitzer, sicher fühlen. Umso mehr, als dieser obendrein seine Zunge nicht im Zaum halten konnte und seinen satirischen Talenten freien Lauf ließ. Das ganze Dorf kannte seine Anekdoten über die Ernährungsgewohnheiten der Bratoks: »Morgens Kaffee, Mittagessen ade, abends Kino«. Solche, versteht sich, waren bei den Bratoks besonders unbeliebt.

Man brauchte nicht mal Proletarier zu sein und ihren Plänen zuzustimmen, um beliebt zu sein, oder nur eine Nadel zu besitzen, um unbeliebt zu sein. Vor allem dann, wenn man obendrein noch die falsche Hymne anstimmte. Außerdem war Krieg, wer eine Waffe halten konnte im Land der Kriven und Vaidiluten und Bürger war ihres großen und ruhmreichen Landes, der hatte zu dienen, ihnen zu helfen, die Arier zu besiegen, die sich nun, als es auf ihre Grenze zuging, besonders hartnäckig hielten. Vielleicht war gerade hier jene Frontbegradigungslinie gedacht, von der aus es wieder vorwärts gehen sollte. Nicht um einen Fußbreit ließen sie die Bratoks in ihr Gebiet. Nehmt eine Waffe in die Hand, forderten die Bratoks die Einheimischen auf, helft uns sie zu besiegen. Rehabilitiert euch für die Schweinereien damals mit den weißen Armbinden. Zeigt, was ihr könnt. Lange genug habt ihr euch ausgeruht und Fett angesetzt, habt Ärsche und Bäuche gekriegt – so die Bratoks zu den Tannenbergland-Männern.

Und was taten die? Die holten tatsächlich ihre gut geölten Waffen aus den Verstecken, aber keineswegs, um sie gegen die Arier einzusetzen, so wie sie zuvor nicht an deren Seite gekämpft hatten, um die Bratoks zurückzuschlagen. Sie selbst, ganz alleine, führten nun ihren Krieg gegen sie, einen wahren Guerillakrieg, bei dem aus Wald und Feld und Ackerfurche angegriffen wurde, aus Bäumen, Büschen, Scheunen, Speichern. Und man feuerte aus allen Rohren auf die, die man nicht mochte, die man nicht anerkannte.

Ein Krieg, in dem sämtliche Bewohner des Landes zu Soldaten erklärt wurden, wo jeder, ungeachtet seines Alters und Geschlechts, jene zu unterstützen hatte, die aus dem Wald, einem Roggenfeld, einer Furche, einem Busch hervorstießen. Sie hatten ihnen Kleidung und Lebensmittel zu liefern, ein Bett anzubieten, Informationen zu sammeln über diejenigen, denen man nicht vertraute, die man nicht mochte und nicht anerkannte.

Ein Krieg ohne Frontlinie oder ein Krieg mit einer allgegenwärtigen Frontlinie – im Wald, in einer Furche, im Roggen, in den Büschen...

Ein Krieg, in dem jeder jederzeit zur Zielscheibe des anderen werden konnte, einer Waffe, eines Spähers, eines Lauschangriffs, in dem jeder einen Hasenschlaf hatte, stets bereit, entweder Fersengeld zu geben oder die Krallen zu zeigen – je nach den Umständen.

Ein Krieg, in dem keine schweren Waffen benutzt wurden.

Ein Krieg, der für alle Beteiligten zu einem Albtraum wurde.

Zu einem solchen Krieg also rüsteten sich die krivisch-vaidilutisch-tannenbergländischen, dariusgirenischen, Von-Meer-zu-Meer-Land-Menschen. Jene, die die Bratoks ohne einen Schuss hereingelassen, sie ein Jahr später mit weißen Armbinden hinausbefördert hatten, dann nicht auf die Seite der Arier getreten waren. Noch bevor die Arier gänzlich ihr Land verlassen mussten, begannen sie bereits, Wälder, Büsche, Furchen, Roggenfelder, Scheunen,

Speicher, Wohnstuben, Keller und Schränke in Festungen zu verwandeln.

Zu solch einem Krieg rüstete sich auch Juozas' und Juditas Dorf mit den dutzend Häusern, zumal es von Wald umgeben war und ein kleinerer Fluss in die Mutter der Flüsse mündete, geographisch also für diese Art von Kriegführung sehr geeignet war – man könnte sagen, es war ein idealer Ort. Nicht von ungefähr hatte es Juozas und Judita dorthin zurückgezogen, entgegen dem allgemeinen Strom. Den Ort und sein Umfeld hatte »General« Teufel zu seinem Aktionsfeld gewählt, in vorbratokischen Zeiten ein krivisch-vaidilutischer, tannenbergländischer Feldwebel, ein hochgewachsener Mann mit der Erscheinung und den Manieren eines Generals, zu dessen Kämpfern, Helfern, Kontaktleuten ohne jede Vereidigung oder sonstiges Vergatterungszeremoniell all jene wurden, die schon geboren waren, und auch sonst alle, die Beine hatten im Ort und in der Umgebung, eingeschlossen selbst den noch in Juditas Bauch sich aufhaltenden, nicht von den Aalen verschlungenen, sehr bald aus einem Fisch zu einem Säugling werdenden, ins Leben treten wollenden kleinen Bengel.

Jeder hatte also nach seinen Fähigkeiten General Teufel zu unterstützen: mit ihm im Wald zu leben, ihm und seinen Leuten Essen, Trinken, Kleidung, Unterkunft zu geben, für die Verwundeten zu sorgen, über jeden Schritt, den die Bratoks und deren Parteigänger im Lande taten, Bericht zu erstatten. Auf diese Weise wurde Juozas, er hatte eben gerade vom Lehrerhaus die Bretter entfernt, mit denen die Fenster vernagelt waren, wie selbstverständlich zu General Teufels Vertreter in der Schule und zugleich Hausherr seines Stabes im Kinderheim. Weil General Teufel vorhatte, auf dem Dachboden des Heims seinen Stab einzurichten, wo man ausländische Sender abhören, dies und jenes drucken, schreiben, übergeben könne, mit einem Wort, wo man sich den für einen Stab charakteristischen Arbeiten widmen könne in der zukünftigen Teufelsrepublik, in der Juozas so etwas wie der Posten eines Bildungsministers zuteil werden würde. Und ein Bildungsminister musste entsprechende Einrichtungen beaufsichtigen, zum Beispiel auch ein Kinderheim, in dem, General Teufels Meinung zufolge, der Stab eingerichtet werden musste. Die in Klassenkategorien denkenden Bratoks würden nie auf die Idee kommen, dort einen feindlichen Stab zu suchen, ausgerechnet in einem Heim für obdachlose, also superproletarische Kinder, die unter Juozas' Fittichen aufwuchsen, einem Mann ebenfalls hinreichend niedriger Herkunft.

Ein Plan ohne Fehl und Tadel. Wie alle Pläne General Teufels. Nicht von ungefähr wuchs seine Republik schon bald in die Länge und in die Breite. Dieser Ex-Feldwebel war aus hartem Holz geschnitzt. Die Ankunft der Bratoks bereitete er vor wie ein richtiger General. Und wie bereitete sich Juozas auf die Ankunft der Bratoks vor? Dieser, was seine Kaderakte betraf, eigentlich unbescholtene Lehrer *de jure* und General Teufels Bildungsminister *de facto*, der nicht abgehauen und DP geworden war, bereitete sich noch besser vor als General Teufel, sein Erster Ministerpräsident, Kriegsherr und Oberster Richter. Gar nicht zu reden davon, dass er gleichsam spürte, sein sozialer Status würde ihm von Nutzen sein. Er war zur Welt gekommen in einer hinreichend unrespektablen Familie eines Schneiders, den Termini der Bratoks zufolge eines Vertreters einer ausgebeuteten Klasse, hatte eine geheiratet, die von noch weiter unten kam, Tochter eines ihn nicht anerkennenden Holzfällers. Er hatte, als die Bratoks das erste Mal gekommen waren, sein Studium beendet und sein Diplom von ihnen erhalten, war nicht geflüchtet und hatte sogar Aktivistenlisten seiner Studienkameraden, die ihm in die Hände gelangt waren, verbrannt und sie so wahrscheinlich gerettet. Denn die Arier vernichteten die Aktivisten der Bratoks genauso industriell, wie sie auch die Braunäugigen vernichteten. Er war in dem Dorf mit den dutzend Häusern geblieben und war sogar, zwei Tage vor der Ankunft der Bratoks, Vater geworden, also gleichsam ihnen zu Ehren. Als wollte er damit demonstrieren, dass gerade jetzt die Zeit gekommen war, zu leben und sich zu vermehren, als hätte er in den Arierjahren sich dazu nicht entschließen können, als sei das erst in den bratokischen Zeiten möglich. Denn deren Führer liebte Kinder und ließ sich gern mit ihnen fotografieren, wobei er sie in den Arm nahm, im Mausoleum eines anderen, schon verstorbenen Führers, der allen in einem gläsernen Sarg gezeigt wurde. So bereitete Juozas sich in allen Punkten auf die Ankunft der Bratoks vor, doch in der

Nacht, in der sie dann kamen, sprang er dennoch durchs Fenster und flüchtete in den Wald, ohne sie mit Brot und Salz empfangen zu haben. Und er hatte gut daran getan, denn die Bratoks, kaum zur Stelle, packten alle am Kragen, die auch nur einen Bartansatz erkennen ließen, und steckten sie erst einmal in Gefängniskeller. Später würde sich dann herausstellen, wer dort bleiben musste, damit sich die Verhörspezialisten mit ihnen beschäftigen konnten, und wen man in die Armee steckte, damit er als loyaler Bürger ihres großen Landes gegen die sich gerade absetzenden Ariern kämpfen konnte.

So empfing der mit verschiedenen Alibis bestens versorgte Juozas die zurückkehrenden Bratoks nicht am Ortseingang, er kletterte, sicher ist sicher, durchs Fenster und entfernte sich in den Wald, verließ – nicht gerade gentlemanlike, aber mit deren Zustimmung – Judita, die gerade geboren hatte, mit von Muttermilch vergrößerten und gerundeten Brüsten, was sie noch verlockender erscheinen ließ, und ihren erst vor zwei Tagen vom stummen Fisch zum Säugling mutierten Bambino, der nun seine Stimmkraft und das Nuckeln erprobte, zusammen mit einem Mädchen aus dem Heim als Kindermädchen. So empfing die unvollständige, aber um eine Person vermehrte Familie die gegen die Tür tretenden, mit aufgepflanzten Bajonetten ins Zimmer stürzenden, Männer am Kragen packenden, schwitzenden, auf Hygiene (im Gegensatz zu den Ariern) pfeifenden, mit ihrem Geruch das, was sie in etlichen Tagen und Wochen erfahren hatten, dokumentierenden Eindringlinge. Empfingen sie nicht vor der Tür oder in der guten Stube, sondern als furchtsame Dreiergruppe auf einem metallenen, mit Sprungfedern versehenen Bett in Juozas' und Juditas Schlafzimmer. Sie drangen ein mit vorgehaltenen Gewehren, auf denen Bajonette aufgepflanzt waren, und sahen, dass sie hier keinen am Kragen packen, in den Keller stecken und dann würfeln konnten: Armee oder Knast. Juozas, wie gesagt, hatte sich vorsichtshalber entfernt, doch in seinem Haus hielten sie sich dennoch länger auf, als wenn sie ihn gefunden hätten. Sie erblickten die ängstlichen Drei, und in ihren Herzen wurde es sanft. Vor ihnen Judita, anerkannte Schönheit aus dem Dorf, der Umgebung und dem Seminar, mit von Muttermilch vergrößerten Brüsten, daher noch verlockender aussehend. Dazu die noch ohne Ausweis, aber schon mit allen fraulichen Attributen versehene Braunäugige, eine vor den Ariern gerettete Insassin des Heims. Die Bratoks staunten. Vorübergehend vergaßen sie den Krieg, die ihnen sowie den Proletariern anderer Länder teuren Ziele, das düster-strenge Gesicht ihres Führers, der sie anspornte, nicht Ruhe zu geben und sich nicht niederen körperlichen Begierden hinzugeben, solange seine Ordnung nicht in der ganzen Welt eingeführt sei oder wenigstens in einem großen Teil derselben. Die madonnenhafte Judita und das lolitamäßige braunäugige Kindermädchen machten auf die beiden die Tür eintretenden, mit aufgepflanzten Bajonetten herbeieilenden Bratoks einen solchen Eindruck, dass sie für kurze Zeit auf das pfiffen, was jedem Bratok heilig ist. Ohne ein Wort zu sagen, stellten sie ihre Gewehre an die Wand und begannen, sich dem erstarrten Empfangskomitee zu nähern, um ihm als Männer ein wenig Vergnügen zu bereiten, und natürlich auch sich selbst. Und vielleicht hätten Judita, die Schönheit aus dem Dorf am Waldrand, und die vor den Ariern gerettete Braunäugige, die einen christlichen Namen trug, wie die Nachbarin jenes kleinwüchsigen Danziger Trommlers auf den Kragen der Bratoks, die über sie gebeugt waren, eine herumkrabbelnde Laus erblickt, oder gleich mehrere, wenn nicht… Wenn nicht was? Der aus dem Wald zurückkehrende, von Unruhe getriebene Juozas, entschlossen, eher die Gefängniszelle auf sich zu nehmen als den Bratoks zu erlauben, sich an Judita und ihrer minderjährigen Helferin zu vergehen? Oder der gleichfalls aus dem Wald herbeieilende General Teufel, mit einer Parabellum, einer Mauser, einer MPi behängt?

Wer so denkt, hat keine Ahnung vom krivisch-vaidilutisch-tannenbergländischen Krieg gegen die Bratoks. Hätten sie sich jetzt gezeigt und wären Judita und ihrem Kindermädchen zu Hilfe geeilt, dann wären sie sofort geschnappt worden und hätten die übliche Erste-Tage-Prozedur durchlaufen. So wäre der eine nur formal Bildungsminister gewesen, der andere nur formal Haupt einer Militärrepublik mit unbegrenzten Vollmachten. Eine solche Kriegstaktik erforderte geradezu, den ersten Ansturm der Bratoks gleich einer gewaltigen Welle über sich hinwegrollen zu lassen, sie den arischen Frontbegradigern nachsetzen zu lassen, sich vorerst nicht zu rühren wie die Maus unterm Besen, und erst dann, wenn die Bratoks weit genug entfernt waren, den eigenen Krieg zu führen. Den ohne Front oder mit allgegenwärtiger Front, einen Krieg, bei dem man aus Feld, Wald, Busch, Ackerfurche, Scheune, Speichern, Wohnzimmern, Schränken hervorbrach. Nicht nur mit den üblichen blutigen Kampfmethoden, auch mit Suppe, Klößen, Schnaps wurde gekämpft, mit auf das Fensterbrett gestellten oder nicht gestellten Geranientöpfen, geöffneten oder geschlossenen Verandafenstern.

Ja, aber wer rettete die beiden davor, eine Laus, oder mehrere auf dem Kragen eines Bratoks erblicken zu müssen, wenn es die Regeln des verdeckten Kampfes Juozas und General Teufel nicht erlaubten, ihnen zu Hilfe zu eilen? Pardon, aber wozu war dann Juozas' und Juditas Kleiner da, wozu wurde er geboren, zwei Tage vor der Ankunft der Bratoks? Doch nicht, weil er tatsächlich an die Kinderliebe des bratokischen Führers geglaubt hätte. So unentwickelt können nur Kinder aus entwickelten Ländern sein. So wie die Kids aus dem Land hinter dem Großen Teich, in das General Teufel, zeitweilig auch Juozas, immer wieder Hoffnungen setzte. Nur denen war es erlaubt, naive und alberne Fragen zu stellen wie »Was ist dies, was ist das?«, überall große Augen zu machen und sich sogenannte kindliche Fehler zu leisten.

Ein Kind aus dem Tannenbergland der Kriven, Vaidiluten und Pilenen weiß schon im Mutterleib Bescheid, andernfalls wäre es sofort erledigt, oder es würde die in es gesetzten Hoffnungen nicht rechtfertigen, was auf dasselbe hinausläuft. Nicht von ungefähr gab Juozas, als er sich durchs Fenster rettete, dem Säugling einen heimlichen Wink, für Ordnung zu sorgen, so wie es sich gehört für einen normalen zwei Tage alten Mann und Soldaten, während die von der Führung sich an einen sicheren Ort zurückzuziehen hatten.

Der Kleine verstand alles, ihm musste man nichts erklären, schon zuvor, am Ufer der Ostsee, als er noch ein Fisch gewesen war, wartete er ruhig ab, was wohl werden würde, und rechnete alle möglichen Varianten durch: Wenn die Eltern zum Beispiel das nächste Schiff bestiegen und die Bratoks es nicht bombardierten, nicht mit dem Schiffsbauch nach oben kehrten, nicht ihre Kriegskunst demonstrierten, dann würde er irgendwo unterwegs geboren werden, später mit den Eltern über den großen Teich gelangen, dort die Sonntagsschule besuchen, Basketball spielen, alles tun, um nach dem College ein Star zu werden in irgendeiner Topmannschaft. Und dann, berühmt geworden, erklären, wer er ist und wo er herkommt, und auf diese Weise Tannenbergland ins Gespräch bringen, an dessen Existenz erinnern und somit die Funktion eines strategischen Patrioten erfüllen.

Sollten seine Eltern ein anderes Schiff besteigen und die Bratoks, sich nicht um die Wahrscheinlichkeitstheorie scherend, das tun, was sie so gut konnten, dann wird es zu Ende sein mit den beiden, dann werden sie den Löffel abgeben. Aber Schluss, Ende, Finis wird es nur für sie sein, denn er gelangt in das gleiche flüssige Element, und die Aale, nachdem sie sich durch Mamas Bauch hindurchgefressen haben, würden die Nabelschnur durchbeißen, damit er allein wegschwimmen und zu einem Žilvinas[8] werden konnte, der sich einen Bernsteinpalast baut, sich im Sommer an den baltischen Stränden zeigt, eine zu ihm passende Egle sucht, ohne so dumm zu sein, sie ihre Eltern besuchen zu lassen. Im Meer wird er Fischer retten, das Grab seiner Eltern und anderer Landsleute besuchen, sich Ausländern zeigen und so zum Andenken seiner Heimat beitragen. Und angesichts so eines Menschen, der zu einem Basketballhünen, einem Lubinas[9], oder gar zu einem Žilvinas hätte werden können, der vom Vater zurückgelassen wurde, um zu Hause für Ordnung zu sorgen, der verantwortlich war für sein Land und seine Familie, wollten zwei Bratoks ihren Spaß mit seiner Mutter und mit der Minderjährigen haben? Obwohl es wirklich kein Spaß sein würde, allein schon wegen der Hygiene. Der bratokische Führer sollte sich seiner Soldaten schämen und sie nicht noch mit Orden dekorieren. Und weil es weiter keinen gab, der für Ordnung sorgen konnte, musste das ein zwei Tage alter Soldat einer anderen Armee übernehmen.

Und was tat der? Plötzlich über sich hinauswachsen wie Lubinas, ein Hüne von zwei Metern, dann die beiden Unholde packen, in den Hof schleppen und ohne Anlauf mit einem Meisterwurf in den Brunnen befördern? Oder als Žilvinas sie allein mit seiner unirdischen Erscheinung vertreiben? Nein, der zwei Tage alte Bengel zeigte den Bratoks, die ihre Gewehre abgestellt hatten, einen sogenannten Ausfluss: Nachdem er aufgestoßen hatte, ließ er im rechten Mundwinkel ein bläulichweißes Rinnsal erkennen, mit Speichel vermischte Muttermilch. Die schlürfte er zurück und begann ganz plötzlich heftig zu husten, zu würgen, blau anzulaufen, die Augen zu verdrehen, laut zu plärren, heftig mit den kleinen Armen und Beinen zu strampeln, nach Luft zu schnappen wie ein ans Ufer geworfener Fisch, so als hätte er noch keinen Klaps auf den Po bekommen, wäre also noch nicht zum Säugling mutiert. Dann spielte er, gleichsam ohne Vorwarnung, ein Kleinkind, das den Geist aufgibt, in den letzten Zügen liegt, am Krepieren ist. Und dies so überzeugend, dass die vor Schreck erstarrten Frauen auf einmal sehr lebendig wurden und allein mit ihm beschäftigt waren. Ein Wesen, das den letzen Atemzug zu tun schien, und zwei, die um es herumsprangen, zwangen die beiden Bratoks innezuhalten und zu warten, bis die beiden Frauen wieder vor Angst erstarrt sein und abermals sanfte Wünsche in ihnen erwecken würden. Der Kleine erkannte das und setzte sein Spiel fort, und obwohl er gar nichts in die Luftröhre bekommen hatte, zog er ein solches Erstickungsspektakel ab, um das ihn jeder Schauspieler hätte beneiden können.

Also würgte und röchelte der Säugling weiter, tat, als ginge es mit ihm zu Ende, als korrespondiere er schon mit dem Jenseits, schockte die Mama und die gutmütige Heimbewohnerin, die daraufhin den Bratoks nicht die geringste Aufmerksamkeit mehr schenkten. Es gab nur noch Heulen, Händeringen, Beten zu verschiedenen Göttern, Schütteln, Kopf-nach-unten-Halten, Herzen und Küssen, man flehte den Kleinen an, das Löffel-Abgeben zu beenden und endlich wieder normal zu atmen. Man sei am Ende der Kräfte und könne nicht mehr. Aber der Bengel wusste: Würde er jetzt alles abbrechen und normal atmen, oder, was auch passieren konnte, sich zu sehr in seine Rolle einfühlen und tatsächlich den Geist aufgeben, dann würden die beiden Bratoks doch noch zum Ziel kommen. Also setzte er sein Spektakel fort, und spielte es mit kurzen Unterbrechungen weiter. Denn würde er jetzt aufgeben, hätte er die in ihn gesetzten Hoffnungen enttäuscht, die seines Vaters, des Schuldirektors und Kulturministers, und die des mit unbegrenzten Vollmachten versehenen Generals Teufel, des ersten Mannes der kleinen Republik. Seine Pflicht als Soldat und Bürger seines Landes bliebe unerfüllt.

Den beiden Bratoks blieb nichts weiter übrig, als zuzusehen, zu rauchen, obwohl das im Theater nicht erlaubt war, auf den zweiten Akt zu warten oder auf den fallenden Vorhang, um dann die frei gewordenen Damen zu attackieren. Klar, sie hätten das auch mitten in der Vorstellung tun können, doch die waren so mit ihren Rollen beschäftigt, dass sie vielleicht gar nicht bemerken würden, was mit ihnen geschähe. Die Bratoks jedoch, Männer, die etwas von sich hielten, wollten beachtet werden. Klar, hätte man auch den Bengel an den Beinen packen und gegen die Wand werfen können, und dann tun, was man tun wollte. Aber die Befreier wussten nicht genau, ob man das in diesem halb befreiten, halb besetzten Land tun durfte, ihr Führer hatte ihnen das nicht genau gesagt. Was im Land der Arier erlaubt sein würde, hatte er ihnen gesagt, aber hier war alles unklar. Dieses Land gehörte gleichsam zu dem ihrem, war nur noch nicht in die richtige Ordnung gebracht.

So beobachteten die Bratoks das Spektakel, rauchten, obwohl das nicht erlaubt war, begannen einzuschlafen, spuckten schließlich aus und gingen. Es gab noch andere Häuser, die zu kontrollieren waren, und nicht genug Zeit, sich nur einem einzigen Haus zu widmen. Sie gingen, ohne Beifall geklatscht und die Künste des Säuglings geziemend bewundert zu haben, der noch immer das Weiße im Auge blicken ließ, bis sich ihre Schritte entfernten, um sie dann wieder blau werden zu lassen. Bis er ein letztes Mal plärrte, die Stimmhöhe kontrollierte, dann die Augen schloss, um sofort in tiefen Schlaf zu fallen. Schließlich war er erst zwei Tage alt, Kinder dieses Alters sind geradezu verpflichtet, die ganze Zeit über zu schlafen, vor allem nach einem solchen Dauerspektakel, das noch dazu auf höchstem Niveau gegeben worden war. Schlaf, Schlaf und nochmals Schlaf, wiederholte er in Gedanken den Slogan jenes bratokischen Führers im Glassarg paraphrasierend, um die erschöpften Kräfte zu sammeln. Daher konnte er nicht an der Auswertung jenes ersten Kontakts mit den Befreiern teilnehmen, bei der Judita und das Kindermädchen, die inzwischen begriffen hatten, was vor sich gegangen war, ihn überschwänglich lobten. Und immer noch nicht recht glauben konnten, dass so etwas möglich war.

Juozas, der zusammen mit General Teufel aus dem Wald gekommen war, bestimmte, dass man den Kleinen Aurelius nennen sollte, was übersetzt »der Goldene« heißt, denn ein Goldjunge sei er, ein anderer Name käme nicht in Frage. Der Pastor des Dorfes, der mit ihnen war, meinte, dass wohl Gott persönlich dieses Wunderkind gesandt habe, vielleicht erinnere er auf eine solch subtile Weise an seine Existenz, die zuweilen angezweifelt werde. Und General Teufel versprach, Taufpate eines solchen Wesens zu werden und so seinen zwei Tage alten Soldaten zu ehren. Gewiss würde ein Orden »Für Mut und Tapferkeit« sich eher eignen, aber General Teufels Republik war noch sehr jung, sie lag sozusagen noch in den Windeln und besaß noch keine Medaillenschmiede. Und überhaupt, wie und wo sollte man einem Säugling einen Orden anheften? Empfahl es sich überhaupt, die Teilnehmer dieses sehr spezifischen Krieges mit Orden und Auszeichnungen zu dekorieren, ohne sich dem Feind zu verraten? Es sei in diesem Fall, so meinte General Teufel, ein Zeichen persönlicher Aufmerksamkeit am besten. Und dennoch war er dabei, einen Fehler zu machen. Einerseits wusste er sehr gut, dass in diesem Krieg Konspiration wichtig war, und andererseits verletzte er deren Gebote, indem er sich Juozas und Judita zum Taufpaten ihres Kindes anempfahl. In so einem Krieg galt es nicht Patenschaften zu begießen, sondern einander nicht zu kennen, bei allen Gegenüberstellungen zu behaupten »Ich weiß nicht, wer das ist« oder »Den sehe ich zum ersten Mal« oder »Er ist nicht von hier«. Selbst dann, wenn auf dem Platz nahe der Kommandantur der Sohn, der Vater, der Bruder, die Schwester oder die Mutter lagen, einfach tot oder obendrein noch geschändet. Auch die phänomenale Amnesie, von der die Einheimischen plötzlich befallen zu sein schienen, sowohl ihren Angehörigen als auch denen gegenüber, die die Verhöre leiteten, ließ zuweilen den Eindruck entstehen, sie seien nicht nur unschuldig gezeugt, sondern geradezu aus Luft entstanden. Doch das kam erst später, nachdem man genügend Erfahrungen gesammelt hatte. Vorerst leistete sich selbst General Teufel sentimentalen Unsinn. War doch diese ganze Patenschaftsgeschichte mit Juozas und Judita, zwei Intelligenzlern der ersten Generation nach dem Pflug, wie das sprichwörtliche Gewehr an der Wand, das irgendwann dennoch losgehen würde.

Aber jetzt wurde erst der Anfang des Stückes gegeben. Man hatte sich von der Riesenwelle der aus dem Osten heranstürmenden Bratoks gekonnt überrollen lassen und feierte nun einen ersten kleinen Sieg, wobei es galt, den Helden auf geziemende Weise auszuzeichnen. Und weder Juozas noch General Teufel, auch nicht die mit kassandrischem Gespür begabte Judita konnten sich vorerst vorstellen, warum jenes Gewehr, um im Bilde zu bleiben, einmal losgehen sollte. Um sie herum waren nur die ihrigen, die taktischen krivisch-vaidilutischen Patrioten. Und alle gehörten sie zu General Teufels Armee, eine andere gab es für sie nicht, schon gar nicht nach jener Nacht, als die Bratoks die jungen Männer einfach am Kragen gepackt und in Gefängniskeller gezwängt hatten. Jener Teil der Bewohner eines vom Ideal der Männlichkeit geprägten Landes neigte nun noch mehr dazu, zusammen mit General Teufel in den Wald zu gehen. Man wollte um keinen Preis der Armee der Bratoks beitreten und mit ihr gegen die Arier kämpfen. Und schon gar nicht im Keller mit den Untersuchungsbeamten diskutieren, die für ihre Schuldzuweisungen im Voraus bekannt waren und eine Vielzahl von Methoden kannten, Geständnisse zu erpressen. Denn selbst wenn man rein gar nichts getan hatte, gar selbst zu ihnen gekommen war, um sich zu erklären und zu rechtfertigen, bewiesen sie einem, dass man es nicht wert sei, dass einen diese heilige, o nein, die den Proletariern aller Länder heilige Erde trüge. Und sie sorgten auch dafür, dass sie einen nicht mehr trug.

So erging es einem seiner Untergebenen, einem Hilfslehrer aus dem Nachbardorf, der zu Juozas kam, um sein Gehalt entgegenzunehmen, mit ihm und Judita Tee trank, mit dem schon ein gutes Stück gewachsenen Kleinen spielte und der fragte, ob man ihm tatsächlich im Filmtheater der Hauptstadt einen Stammplatz in der Loge versprochen habe, wenn erst General Teufel, zusammen mit den Amis und anderen Alliierten, die Bratoks aus den Land gejagt und wieder die alte krivisch-vaidilutische Ordnung eingeführt habe. Juozas bestätigte das, und der Lehrer entfernte sich über eine

Wiese, wobei er mit einer Weidenrute Löwenzahnköpfe kappte. Und am anderen Tag bekam er eine Vorladung zur Kommandantur, um sich wegen antibratokischer Tätigkeit zu verantworten. Der Mann war naiv genug, nicht sofort zu General Teufel und seinen Mannen zu stoßen und sich nicht mehr blicken zu lassen, sondern ging zur Kommandatur, da er ja nichts getan hatte. Er ging, um mitzuteilen, dass die Vorladung die falsche Adresse habe, ein *lapsus laboris* unterlaufen sei. Aber dort meinte man keinesfalls, einen *lapsus laboris* begangen zu haben, falls er der wäre, der eine Weidenrute schwingend am Hof des bratokischen Kolonisten vorbeigegangen wäre. Man habe dort nämlich einen an die Scheunentür genagelten Zettel gefunden. »Paschol von«[10], habe darauf gestanden und etwas von Höfen, die ihnen nicht gehörten, sondern denen in den DP-Lagern, sie sollten sich schleunigst verpissen, so der Text, in ihr bratokisches Land, ansonsten würde man mit ihnen aufräumen, sie »kapiec«[11] machen.

Der Beschuldigte gab zu, den Hof überquert zu haben, aber mit dem Schriftstück habe er nichts zu tun, auch sei der von ihm bevorzugte Wortschatz ein ganz anderer. Dann fragten ihn die, die ihn vernahmen, wer dann etwas mit dem Schriftstück zu tun habe und wessen Wortschatz das sei. Der Lehrer konnte das nicht beantworten, wiederholte nur, nichts getan zu haben. Aber jenes Schriftstück, so belehrten ihn die Untersuchungsbeamten, könne doch, wie auch die Materie, nicht aus dem Nichts kommen. Man habe keinen Grund, einem Genossen, der nur ihn dort gesehen habe, zu misstrauen. Und man sah sich gezwungen, den Uneinsichtigen ein wenig zu bearbeiten, obwohl man ihm eigentlich nur Gutes wollte. Die Strafe wäre übrigens geringer, wenn einer herzlich seine Schuld bekannte. Die ihm wohlwollenden Verhörer neigten dazu, dem Grundschulpädagogen einen lächerlichen Zehner zu verpassen, eine kindliche, eine rechte Ministrafe. Zehn Jahre Gefängnis, ohne anschließende Verbannung, und sie würden auch noch dafür sorgen, dass er sie in irgendeinem komfortablen Winkel ihres Landes absäße. Aber der ABC-Spezialist, verstockt, wie er war, blieb bei seiner Meinung. Und die Verhörer, eifrig bemüht, ihm Gutes zu tun, leisteten so lange Überzeugungsarbeit, bis sie ihn eines Morgens im Keller fanden. Da widersprach er nicht mehr, aber hatte wohl immer noch nicht verstanden, dass man ihm nur Gutes wollte. Sein Körper war kalt geworden, kalt wie der Kellerboden.

Nachdem die arroganten, auf ihre Wunderwaffen wartenden Frontbegradiger, die Krummnasigen und Braunäugigen fast völlig vernichtenden Arier abziehen mussten, kamen nun die chaotischen Brüder, die Jaiki, Salo, Maslo[12] liebten, dazu noch das Proletariat, die aber diejenigen, die ihnen nicht passten, aufs Eis setzten, wo sie sich von den eigenen blutsaugenden Läusen ernähren durften – ein ernährungstechnisches Perpetuum mobile sozusagen. Als ihre Welle über Juozas' Dorf kam, hatte seine Familie vorerst niemanden verloren und nichts Böses erfahren. Aurelius, der an seinem zweiten Lebenstag die Bratoks aus dem Haus vertrieben hatte, nuckelte, plärrte, machte in die Windeln, schlief – mit einem Wort: Er tarnte sich auch weiterhin sehr gekonnt und wartete auf die versprochene Taufe, die für ihn gleichzeitig die Auszeichnung als Kämpfer war. Und die Akte des Direktors und Schullehrers war so hervorragend, dass sie auch den strengsten bratokischen Anforderungen genügte, sie erlaubte es, zu existieren und sich von den nicht zahlreichen, aber in diesen schweren Zeiten üblichen Lebensmitteln zu ernähren, ohne Experimenten wie dem berüchtigten Ernährungs-Perpetuum-mobile ausgesetzt zu sein.

Juozas konnte jetzt zu Hause übernachten, denn eine Instruktion befreite ihn als Schuldirektor von der Wehrpflicht, so wie auch der Priester, sein Patience-Partner, befreit war und dessen Bruder, sein Namensvetter Juozas II, ein Studienfreund von ihm und Judita. Diese drei brauchten nicht nach dem Wald Ausschau zu halten, wenn sich ein Militärkonvoi näherte, nicht in Aufregung zu verfallen, wenn der Briefträger in den Hof einbog und eine Einladung brachte, an dem bratokisch-arischen Krieg teilzunehmen, wo sie doch selbst schon Teilnehmer eines Krieges gegen die Bratoks waren.

Doch die Bratoks taten so, als wüssten sie nichts über jenen Krieg und luden deshalb diejenigen, die sich ihrer Meinung nach ausgeruht, es sich bequem gemacht hatten unter dem arischen Okkupantenstiefel, ein, zu Hilfe zu eilen. Aber die aus dem Land der Kriven und Vaidiluten hielten sich nicht für Bürger jenes brüderlichen Staatenverbandes, sämtliche bratokischen Instruktionen und Anforderungen erachteten sie für null und nichtig – sie sahen sich zu einer anderen Streitmacht eingezogen. So nahmen sie die Einberufungen entgegen, lasen sie, ignorierten sie und traten nicht in die ruhmreiche bratokische Armee ein, sondern stießen zu General Teufels Leuten oder versteckten sich, schliefen nicht zu Hause, jederzeit bereit, in den Wald zu flüchten.

Ungefährdet, vorläufig zumindest, konnte auch die Tauf-Auszeichnung von Juozas' und Juditas Bengel vonstatten gehen, des Goldjungen, wie ihn Juozas nannte, der sich schon als Soldat hervorgetan hatte und beim Heranrücken der Bratoks ein klares Köpfchen bewahrt hatte, der sich dazu als ein unvergleichlicher Schauspieler, Meister der Tarnung und Geheimhaltung erwiesen hatte. Sie fand an einem Sonntag statt, gegen Ende des Sommers und es nahmen teil Taufpate General Teufel, der mit einer kleinen Schar aus dem Wald gekommen war, die Ex-Nonne, die mit dem Chef des Stabes verheiratet war, als Taufpatin, die glücklichen Eltern, das von Juozas geleitete Schulkollektiv und diejenigen, die das Kinderheim beaufsichtigten, Leute aus General Teufels Stab, ausgenommen der Diensthabende und die Wache, der ganze, dem Land und General Teufel loyale Pfarrbezirk, eingeschlossen selbst der für die Bratoks arbeitende Milizionär de jure, der aber de facto General Teufels Kontaktmann war. Alle aus dem Pfarrbezirk genossen das unvergleichliche Zusammengehörigkeitsgefühl und verstanden, was hier vor sich ging. Allein der in ein kunstvoll gearbeitetes Steckkissen gepackte Täufling runzelte die Stirn, ihm als noch kosmisch Denkendem missfiel die Missachtung jeglicher Gesetze eines Krieges ohne Fronten, die Missachtung jeglicher Konspiration, er verstand, dass sich das irgendwann rächen würde. Die hier herumliefen und sich für schlau hielten, sollten sich an ihm ein Beispiel nehmen: Er hatte noch keinen Fehler gemacht und bereits etwas zustande gebracht, während andere nur Angst hatten oder im Wald hockten. Er schnalzte mit der Zunge, rekelte sich, spielte weiter vollendet den, der nichts verstand, aber in Wirklichkeit verachtete er die anderen, die, seiner Meinung nach, an einem Akt kollektiven Selbstmords teilnahmen. Schließlich wurde er auf den in Tannenbergland seltenen, beinahe nie gehörten Namen getauft:

Aurelius. Später, bei der Bewirtung im engeren Kreis, bei der ausgiebig gegessen und getrunken wurde, versprach die Taufpatin, dem Täufling in dem Filmtheater, das ihre Eltern in der Hauptstadt betrieben, einen Stammplatz in der Loge, der Taufpate, General Teufel, versprach nichts, er hatte sein Geschenk bereits überreicht. Dann sagte Juozas den Spruch auf: »Darauf, dass wir uns, wenn alles zu Ende sein wird, hier wieder treffen!« Er trank sein Glas aus und stellte es auf den Tisch, wie es alle taten, nur Juozas' Glas brach der Fuß und es ging mit leisem Klirren zu Bruch.

Da wusste die kassandrische Judita, dass er umkommen und nicht an jenem Treffen teilnehmen würde. Und der Kleine wusste noch mehr: Dass nicht nur er sterben würde, sondern alle um ihn herum, die keinen Wert legten auf Geheimhaltung und hier sorglos feierten. Nur er würde überleben und Judita, die von ihm Beschützte, dazu Juozas II, der sich freikaufen würde auf Kosten von Juozas' Leben.

Mit Aurelius' Taufe endete die Einleitung des Stückes mit dem Gewehr an der Wand.

3

Den Bratoks wurde es langsam zu langweilig, die Unwissenden zu spielen, wo doch klar zu sehen war, dass ihre Einberufungen ignoriert wurden. Bestenfalls wurden sie mit ehrfürchtiger Miene gelesen, um sie dann, in einem gewissen Häuschen mit Herz, an einem Nagel abzuheften, gerade so, als bewahrte man dort seine Dokumente auf, als wäre dort der Safe, das Schließfach, der Sekretär. Auch andere Anweisungen wurden an diesen Nagel gehängt, zum Beispiel die, dem schwer kämpfenden Land im Osten zu spenden – und zwar Naturalien. Galt es doch, die den arischen Frontbegradigern nachsetzenden Armeen zu ernähren und auch etwas ins Hinterland zu bringen, wo in puncto Lebensmittel nie etwas klappen wollte. Vielleicht deshalb, weil die Bratoks mit ihren globalen Plänen beschäftigt waren und ihnen keine Zeit blieb für solche Kleinigkeiten. Bei diesem nach wie vor ungelösten Problem konnte Tannenbergland von großem Nutzen sein. Es war ein Land, das vor dem Krieg gerühmt wurde für seine verständig gemästeten Schweine, seine gestopften Gänse, seine Würste, seine Schinken und Butterfässchen – Erzeugnisse, die geradezu die Währung stabil hielten, zuweilen waren selbst Staatsdiener in Naturalien ausbezahlt worden. Doch die Schweine, Enten und Butterfässer setzten sich nicht mit wehenden Fahnen in Bewegung, hin zu den Lebensmittelsammelpunkten, die man der Bequemlichkeit halber dort eingerichtet hatte, wo früher Verkaufsstellen gewesen waren. Kein Tross, keine Wagenkolonnen, weder mit richtig noch mit falsch gemästeten Schweinen. Wo, verdammt noch mal, waren ihre Gänse, die Butter?! Als hätten die im Land der Kriven und Vaidiluten ebenfalls begonnen, global zu denken, und müssten selbst mit Lebensmitteln unterstützt werden.

So änderten die Bratoks ihre Taktik. Und an welche Taktik hielten sich die Einheimischen, die, die keine DPs werden wollten, daher nicht mit den Ariern geflüchtet und mit einer halbwegs erträglichen Akte zu Hause geblieben waren? Was ging in ihren krivisch-vaidilutischen-tannenbergländischen Schädeln vor? Sie hefteten die Einberufungen an jenem Nagel ab in ihrem jedermann zugänglichen Privatsekretär, traten nicht der Armee der Bratoks bei, weil sie meinten, dass sie dazu nicht verpflichtet seien, denn sie hielten sich nicht für Bürger dieses Landes. Und erkannten den Pakt, den die Arier mit der Macht im Osten geschlossen hatten, und die darauf folgende Einverleibung in den brüderlichen Verband der Union nicht an.

Schon gar nicht, als sie das bratokische Programm kennen gelernt hatten. Sie hatten ihr eigenes Lebens- und Überlebensprogramm, das nicht zuließ, für die eine oder andere Seite die eigenen Kräfte zu verausgaben. Das Wichtigste war zunächst, einfach zu existieren in jenem sich wie ein Chagrinleder zusammenziehenden Landstrich, gleichsam Zeugnis abzulegen für die sichere Existenz ihres Landes. So wurden sie zu taktischen Patrioten, und die, die geflüchtet waren, zu strategischen. Sie taten ihren Sprung nicht nach vorn, sondern zurück, in die wirklichen krivisch-vaidilutischen Von-Meer-zu-Meer-Zeiten. Sie waren dort, ihre Gedanken weilten dort, von dort erhielten sie ihre Kommandos. Und deshalb blieben sie denen unverständlich, die für den heutigen Tag lebten, ganz zu schweigen davon, dass man mit den Planern großangelegter Zukunftsvisionen keine gemeinsame Sprache fand.

Der Nachfahre uralter Völker mit ihren Opfer- und Feuerstellen, ihren alten Göttern und Burgen, die verbissen und bis zum letzten Mann verteidigt wurden, war notgedrungen ein Mensch der Vergangenheit. Ihr Glanz, ihre Majestät und Größe waren ihm ins Hirn gedrungen, in Fleisch und Blut übergegangen, das Wissen um die großen Mythen machte ihn verschlossen, nachsichtig lächelnd – und übertrieben fordernd. Es gab die Taten, die Recken aus fernen Zeiten zum Maßstab hatten, aber man war beinahe blind, was das Heldentum dieser Tage betraf. Deshalb hatte das Land wenig neue Helden. Aber wenn sie es geschafft und den Heldenstatus erlangt hatten, waren sie es wert und wurden später wie Götter verehrt, und staunten selbst, wie ihnen das gelungen war.

General Teufel gehörte zu denen, die nicht weit von diesem Status entfernt waren. Über zwanzigtausend bewaffnete Männer dachten an ihn, wenn sie das Wort »Befehlshaber« aussprachen, gehorchten ihm wie einem richtigen General, obwohl er in Wirklichkeit nur ein Feldwebel war. Eine ganze Division kämpfte nicht auf der Seite der Bratoks, sondern gegen sie, brachte ihre Funktionäre und Organisatoren in Wut, trieb sie zur Verzweiflung, indem sie deren Mobilisierungspläne zunichte machte, ebenso die Erfassung lebenden und nichtlebenden Inventars. Nachdem er sich schlau und mit unfehlbarem Instinkt an der Grenze zweier Rayons positioniert hatte, trieb Aurelius' Taufpate sein Spiel mit den Bratoks, wenn die wieder einmal die Geduld verloren, den Wald durchkämmten, ihre Wolfshunde einsetzten, unter Bäumen und Büschen suchten, mit Bajonetten den Boden durchstocherten, jeden Tannenzapfen umdrehten. Währenddessen war General Teufel schon am anderen Ufer des Flusses. Und beobachtete sie mit den Augen eines Anglers, eines Pilze, Holz und Beeren suchenden Alten, eines Kindes.

Und die Bratoks, die bis zum Fluss gekommen waren, zogen hilflos an ihren Machorka-Zigaretten, bestiegen dann ihre Polutorkas und fuhren zurück in ihre Kasernen, wo sie ihre geliebte Hafergrütze löffelten.

Nach dem Ende des arischen Krieges veranstalteten die Bratoks auch auf beiden Seiten des Flusses großangelegte Suchaktionen, aber immer wenn sie den Wald durchkämmten und sich den Ufern näherten, war General Teufel mit seinen Männern schon verschwunden, als hätte er den Sprung gewagt in die Mutter der Flüsse und als hätte sie ihn aufgenommen in ihre Tiefe, damit er dort abwarten könne, bis seine Verfolger davonfuhren. Als wäre er in die alten, heroischen Zeiten zurückgekehrt, um sich mit den alten Recken in den Wäldern und Sümpfen zu beraten.

Bis zum Tode des großen bratokischen Führers konnten sich, weil man mit General Teufel beschäftigt war, tausende und abertausende Männer nicht zu Hause um soldatischen Nachwuchs kümmern, und man hätte vielleicht Lieder über ihn geschrieben in Tannenbergland, im Darius-und-Girenas-Land der Kriven und Vaidiluten, und vielleicht sogar das ganze Land »General-Teufel-Land« genannt. So wäre es vielleicht gekommen, hätte er sich nicht, müde vom ewigen Hin und Her, zurückgezogen, nachdem seine Frau und seine Kinder umgekommen waren, nachdem die Bratoks seinen Stab liquidiert und die sechs Stabsleute, an fünf Stellen rote Todeszeichen hinterlassend, weggebracht worden waren, nachdem die Taufpatin des Goldjungen es nicht geschafft hatte, ihr Versprechen einzuhalten, und nachdem Juozas dreimal überfahren worden war. Hätte er doch nicht die Führung einem anderen überlassen. Einem, von dem es hieß, er habe für die Bratoks gearbeitet, der General Teufels Armee schwächte, zerstreute und auseinander riss, indem er sie wie zufällig den auf der Lauer liegenden Bratoks in die Arme trieb. Wenn General Teufel nicht in die Legalität zurückgekehrt und unter falschem Namen weitergelebt hätte, vom Armeeoberhaupt zum Unterstützer und Kundschafter geworden wäre – er hätte es zum Helden bringen können. Zum Helden, den man später besang, wurde jedoch ein anderer. Einer, der nicht so viele Kämpfer versammelte und wohl weniger bewirkte, wer will das nachrechnen, der aber dann, als die Bratoks ihn schnappten, wie man so sagt, auf seinem Posten war und beispielhaft, Zeugen bestätigten es, unter der Folter starb.

Die Heroik Tannenberglands erkennt jedoch nur makellose Biographien an. Übrigens, General Teufel wurde nach einiger Zeit von seinem Nachfolger verraten, dann festgenommen und in einem Gefängnis der Unionshauptstadt zu Tode gefoltert, leider ohne Zeugen. Aurelius hielt ihn für einen nicht geringeren Helden, der sich nur, wie man so sagt, aus dem Spiel zurückgezogen hatte, aber nicht unterlag. Seiner Meinung nach minderten die allzu hehren Maßstäbe dieser Heroik ein wenig das Selbstbewusstsein der Hiesigen, ein Blick, gerichtet auf eine so hoch gelegte Messlatte, konnte gewisse Komplexe zur Folge haben. Obwohl man andererseits gezwungen war sich gewaltig anzustrengen. Der dreimal überfahrene Juozas war nach diesen Vorgaben kein Held, eher ein Schweinehund, der sein eigenes Fell retten wollte. Aurelius rechnete ihn jedoch schließlich jener Kategorie Helden zu, die ihre Kräfte vorsichtig einschätzten. Juozas war doch nicht im Stamm der Schwarzfussindianer, der Sioux oder Irokesen aufgewachsen, bei denen man sich von klein an auf mögliche Torturen vorbereitete, indem man am Marterpfahl stand, in der Hand glühende Asche, indem man sich mit dem Messer ritzte oder einem Messer zusah, das einem auf die Stirn zuflog. Sein Name war nicht Winnetou, nicht Harka der Feste Stein, nicht Cingacgok, sondern Juozas, und in dieser Hinsicht war er völlig unerprobt. Falls man nicht in Betracht zog, dass er als Kind, als er einmal allzu lang am Bach gespielt hatte, von seinem Vater Schläge bekam. Wütend hatte der Vater den Riemen geschwungen, um ihn anschließend an sich zu drücken und ihm einen Kuss zu geben, heilfroh, ihn lebend angetroffen zu haben, und nicht dort, wo der Bach Tiefen hatte, zwischen den Gründlingen.

Als man ihn abführte nach dem Vorfall im Kinderheim, mit einem Sack über dem Kopf, erkennbar nur an den blankgeputzten Stiefeln – seiner Visitenkarte – und in den Keller der Kreiskommandantur steckte, zu dem Mann mit der zerschnittenen Kehle, der verstummt war, dem anderen, der, gestern hineingeworfen, bewusstlos dalag und nur noch röchelte, und noch einem anderen, der von einer Zellenecke in die andere lief und kicherte, da wusste Juozas, was ihn erwartete: eine dieser Varianten oder alle auf einmal – und er zweifelte, ob er, gänzlich ohne indianische Erfahrung, würde durchhalten können. Ob es nicht seinetwegen noch mehr Leute geben würde mit zerschnittener Kehle, noch mehr Röchelnde oder Kichernde. So versprach er sofort, als man ihn dem Untersuchungsrichter vorführte, mit ihnen zusammenzuarbeiten, versprach, was er nie einzuhalten gedachte – später würde er sich irgendwie herauswinden. Aber in Wirklichkeit hatte er nur einen schnellen Tod gewählt statt der Folter, und dennoch erreicht, dass Frau und Sohn weiter am anderen Ende der Schule ihr Zuhause hatten, dort, wo die den Lehrern zugeteilten Wohnungen waren. Es gab weder einen Grund, sie hinter Gitter zu bringen, noch die beiden ans ferne Eismeer zu verbannen. Sie hatten die besten Papiere und noch einen Pluspunkt, der viel wert war – Juozas' Tod. Der war freilich ähnlich erkauft wie der von Feldmarschall Rommel, der sich mit den Verschwörern eingelassen hatte. Doch ein Pluspunkt war ein Pluspunkt. Denen, die ihn wegfuhren und mit staatlichen Ehren beerdigten, war er allein als toter Juozas nützlich. Da war ein Schuldirektor umgebracht worden, ein populärer und rundum beliebter Mensch, die Verwandtschaft proletarisch seit Adams Zeiten, ein noch junger Mann, der mitten im Leben gestanden hatte, verheiratet war, eine schöne Frau hinterließ und ein zweieinhalbjähriges kleines Kind. Und dann dreimal überfahren: vor – zurück – wieder vor. Von einer aus der Administration gestohlenen und nach einigen Kilometern liegengelassenen Polutorka. Denen, die das getan hatten, »net poschtschady«![13] Dreimal in die Luft geschossen, Ehrensalve. Die Familie eines solchen Toten war unantastbar.

Es gab andere, die man nicht in Ruhe zu lassen gedachte. Etwa die Hinterbliebenen derer, die tage-, wochenlang auf Kirch- und Dorfplätzen, in den Höfen der Milizabteilungen lagen, nackt oder nur halb bekleidet, mit herausgezogenem Glied, als wären sie ein Beispiel für jene, die man *in flagranti* ertappt und die es nicht mehr geschafft hatten, ihre Kleidung in Ordnung zu bringen, andere mit abgeschnittenem Penis, als wären sie von den Ehefrauen, die von ihrer Untreue erfahren hatten, kastriert worden, damit sie nicht auch noch im Jenseits sündigten. Oder mit abgeschnittenem und in den Mund gestopftem Penis, als wäre da ein Liebhaber des Fellatio bestraft worden.

Solche Gedanken konnten einem Unwissenden kommen, er mochte sich entsetzen wegen solch fürchterlicher Strafen für Vergehen, die man anderswo nur belächelte. Jedoch dem, der Bescheid wusste, kam kein Gedanke an bestrafte Weiberhelden, ihm kroch in alle Hirnwindungen und Hirnwinkel nur ein einziges Wort, und das hieß: »Wald«. »Diese Leute haben etwas mit dem Wald zu tun«, dachte er. Und er durfte sich nicht für deren Zustand oder für deren Gesichtsausdruck interessieren. Denn diejenigen, die da standen und guckten, wurden von irgendwoher mit aufmerksamen Augen betrachtet. Von solchen, die sehr gekonnt unterschieden, warum dieser und jener Passant Halt machte, was sein Interesse war und ob es da nicht irgendwelche Verbindungen zu diesen Exhibitionisten gab, zum Beispiel verwandtschaftlicher Art. Denn dann folgten: Waggon, Eis, Tundra, Überlebenschance 20 Prozent. Oder Verbindungen, was den Wald betraf (nicht die Forstwirtschaft), dann folgte: Gefängniskeller, Verurteilung, Höchststrafe oder 15 bis 25 Jahre, Stacheldraht, Eis, Tundra, mit einer Überlebenschance von etwa 10 Prozent.

Es empfahl sich daher nicht, Neugier zu zeigen, selbst wenn man ein Künstler war, der gern Akte zeichnete. Denn jene aufmerksamen Augen irrten zuweilen, und bis sich der Irrtum geklärt hatte, war es oft zu spät.

Die Bratoks waren keine allzu eifrigen Untersuchungsbeamten. Sie gaben das auch selbst zu, witzelten sogar darüber, doch sie hielten sich an das Prinzip, dass ein Mehr besser sei als ein Zuwenig. Und es gefiel ihnen, Pläne überzuerfüllen. Und nach oben zu melden, dass sie sie übererfüllt hatten. Den Oberen wiederum gefiel es, die Übererfüller auszuzeichnen. Dann ging alles so schön und feierlich vonstatten: »Hiermit zeichne ich Sie aus tamtaram« und »Ich diene tamtaram«. Das geschah auf allen Gebieten, nicht nur bei der Präsentation übel zugerichteter Leichen im Hof und dem darauf folgenden üblichen Einsammeln von Verdächtigen.

Was die Übererfüllung von Plänen anging, konnten die Bratoks als unangefochtene Weltmeister gelten. Einer dieser Übererfüller hatte es geschafft, bei der Kohleförderung 130 Mal die Norm zu überbieten – kein Gigant und kein Titan, sondern eine abgearbeitete, verhärmte Gestalt wie die anderen auch. Daraufhin wurde das Land von einem wahren Wettbewerbsfieber erfasst. Man jagte den verschiedensten Rekorden nach, zum Beispiel schnelles Pflügen,

Pflanzen, Bauen, gar nicht zu reden von den Rekordmeldungen über die Umerziehung von Andersdenkenden, bei Bildungskampagnen, bei der Vernichtung von Verrätern und Klassenfeinden. Und überall erreichte man Traumziele, mit der Zeit war das Land Inhaber aller möglichen Weltrekorde. Was diese Rekorde anging, war die bratokische Union in allen Punkten führend. Das brachte freilich gewisse Probleme mit sich. So zeigte sich etwa, dass die Rekordhalter im Schnell-Säen keine Ahnung hatten, wie man pflanzte, oder die Champions in puncto Anpflanzung davon, wie man die Ernte einbrachte. So blieb der Nutzen all dieser Anstrengung so gering, als wäre gar nichts getan worden. Aber es blieb keine Zeit darüber nachzudenken, denn die Rekordhalter mussten sich filmen lassen, Journalisten Interviews geben, als lebende Exponate fungieren auf einer wirtschaftlichen Leistungsschau in ihrer Hauptstadt. Ähnlich war es mit Bauvorhaben, hatten doch die Bratoks den Ehrgeiz, nicht nur die Menschheit zu verändern, sondern auch der Natur zu gebieten. Sie nahmen sich kühne Pläne vor, die bisher niemand gewagt hatte in Angriff zu nehmen, nicht mal Saint-Simon, Fourier und andere Träumer. Zum Beispiel den Gleisbau für Eisenbahnen, ganz oben im Norden, um dort hinzugelangen, für den Fall, dass man mit den südlichen Nachbarn in Konflikt geriete. Ein Konflikt dieser Art würde nämlich die Lieferung der »Prawda« an den Stillen Ozean behindern, von wo wiederum die Führer der Bratoks ihren roten Fisch bezogen. Die Führer der Bratoks wollten jedoch, dass die Menschen am Stillen Ozean rechtzeitig die »Prawda« bekämen, und sie selbst den roten Fisch. Außerdem glaubten sie, dass ihr Land, das die gerechteste Ordnung der Welt hatte und zudem alle Reichtümer der Erde besaß, seltene Erze und Metalle der gesamten Mendelejew-Tafel, jederzeit überfallen werden sollte. Dass andere Länder mit fehlerhaften Ordnungen sich darauf vorbereiteten es anzugreifen, um die einzig richtige Ordnung ebenfalls in eine fehlerhafte zu verwandeln und obendrein die in der Erde verborgenen Schätze, Erze und Metalle, die ganze Mendelejew-Tafel sich anzueignen. Daher waren sie sehr besorgt um ihre Sicherheit und besetzten, sobald sich die Gelegenheit bot, selbst andere Länder, um sie dem ihren anzuschließen und dort die richtige Ordnung einzuführen. In diesen Ländern lebte natürlich nicht nur das Proletariat, das sich nach ihnen sehnte, sondern noch verschiedene andere Leute, die ihnen nicht passten, angefangen bei denen, die dem Dorf und der Armut der Vorstädte entwachsen waren, die sogar richtige Grafen oder sonstige Intelligenzler geworden waren und bei denen es schwer war, sie vor Ort umzuerziehen, zuweilen sogar unmöglich. Deshalb wurden diese von den Bratoks weggebracht, damit sie Schienen legten oder Fabriken errichteten an schwer zugänglichen Orten. Oder sie mussten den Lauf ferner Flüsse zu verändern, damit sie in der Isolation oder umgeben von klassenbewussten Menschen umerzogen werden konnten. Diese Leute konnte man zwingen, in Rekordgeschwindigkeit zu schuften, doch bis irgendetwas zu Ende getan war, zeigten sich die Bratoks schon von einem anderen Projekt begeistert, und alle Anstrengungen existierten meistens lediglich der Anstrengung wegen, sozusagen eine Art *l'art pour l'art*.

Auch Juozas hatte gute Chancen, in eine solche oder ähnliche Umgebung zu gelangen, um dort die Beine auszustrecken unter den Rasen oder dem Moos der Tundra und Taiga oder in den Frostboden am Eismeer zu gelangen. Oder durchzuhalten und zu einem dieser namenlosen Helden des Schnellbaus zu werden, um nach wer weiß wie vielen Jahren zurückzukehren, die Zahl der 10 bis 20 Prozent Überlebenden zu bestätigen und seine schöne, dann schon ein wenig verblühte Frau und den schon erwachsenen Sohn wiederzusehen. Doch er war nirgends hingekommen, es hatte keinen Keller, keine Verurteilung, keinen Waggon, keinen Stacheldraht, keine Taiga, kein Eis gegeben, nur den Gefängniskeller, aus dem er herauskam, ohne dass man ihm die Knochen gebrochen, die Hoden zerquetscht hatte. Mit zwei heilen Augen kam er zurück, sogar mit seinen blankgeputzten Lederstiefeln, nach denen schon so mancher Bratok geschielt hatte. Er blieb nur einige Tage im Keller, versprach den Bratoks, was er nicht zu halten gewillt war, und dachte sich, während man ihn verhörte, einen überschlauen Plan aus, um sie hinters Licht zu führen. Was die Bratoks jedoch sogleich durchschauten, vielleicht sogar voraussahen, da sie nämlich nur auf den ersten Blick nichts als grausam oder gar naiv waren. In Wahrheit waren sie Meister der verschiedensten Intrigen, außerdem Profis und sie verfügten über allergrößte praktische Erfahrung: Hunderte und Aberhunderte, ganze Massen solcher Juozasse waren durch ihre Hände gegangen. Sie hatten sogar eine wohlerprobte Methode, die Aufrichtigkeit des Schuldirektors zu kontrollieren: Nicht von ungefähr kam, gerade als er aus dem Keller entlassen war, Juozas II auf ihn zu, ein ehemaliger Kollege und Kommilitone, dem er sofort erzählte, was er den Bratoks versprochen hatte, und dass er nun sofort General Teufel warnen müsse. Auf diese Weise wussten die Bratoks schon nach einigen Minuten alles, holten ihn aber nicht in den Keller zurück, um ihm die Knochen zu brechen, die Hoden zu quetschen, sich an seinen Adern, Augen, Fingernägeln zu versuchen. Man ließ ihn nach Hause zurückkehren zu seiner Frau, die hatte flüchten wollen, weg übers Meer, aber mit ihm ins Dorf zurückgekehrt war, dorthin, wohin man sie zuerst versetzt hatte. Unversehrt und mit heilen Gliedern kehrte er zurück, sogar mit seinen blitzblanken Stiefeln, auf die mancher Bratok einen begehrlichen Blick geworfen hatte. Mit Vergnügen hätte man sie ihm ausgezogen und ihm dafür einfaches, aber praktischeres Schuhwerk gegeben für die weite Reise in kalte Landstriche, Filzstiefel zum Beispiel oder erprobte Soldatenstiefel, mit denen einer schon bis zur Hauptstadt der Arier marschiert war. Oder, falls Juozas die ihm zugedachte Prozedur nicht ausgehalten hätte und krepiert wäre, schließlich kapituliert hätte vor dem Urteilsspruch und der anschließenden Verschickung, es vorgezogen hätte, nirgendwo hinzufahren, dann hätten sie ihn barfuß begraben, und er hätte den Wenigen, die ihn auf diesem letzten Weg begleiten konnten, Gelegenheit gegeben, sich an seinen wohlgeformten Füßen zu erfreuen.

Aber Juozas kehrte unversehrt, mit heilen, nicht mit ausgerenkten Gliedern aus der Kommandantur zurück und erzählte sofort alles seiner Frau, dieser Möchtegern-Exilantin und Nostalgikerin, obwohl die Bratoks ihm das strengstens verboten hatten, ihn sogar nur unter der Bedingung hatten gehen lassen, niemandem etwas zu sagen, hochheilig das Geheimnis zu wahren. Er erzählte, wie es ihm gelungen sei sich herauszuwinden, wie er seine Verhörer reingelegt und zwei Fliegen mit einer Klappe geschlagen habe, nicht nur das eigene Fell gerettet, sondern auch Juozas II gesagt habe, was er den Bratoks versprochen hatte, vor allem, dass General Teufel jetzt einen weiten Bogen um ihr Haus machen solle. Das habe sie doch auch gewollt, als sie sagte, dass General Teufel ihnen irgendwann Unglück bringen würde. Dies hatte sie sogar ihn selbst wissen lassen, ihn, der ihr Dorf für seine Residenz hielt. Häufig hatte er hier übernachtet mit seiner gesamten Begleitung, und dann auch noch bei ihnen, bei Juozas und Judita, gleichsam um ihnen zu verstehen zu geben, dass sie ihm am nächsten standen.

Judita mit ihren kassandrischen Ahnungen, ganz zu schweigen vom kosmisch-klugen Aurelius, verlockte eine solche Ehre überhaupt nicht. Sie wollte lieber, dass entweder überhaupt niemand bei ihnen übernachtete oder allenfalls der letzte Gemeine, zugewiesen vom Quartiermeister, ihrem ehemaligen Studienfreund. Was die ehemaligen Studienfreunde betraf, so war ein nicht geringer Teil von ihnen im Wald, die Mehrzahl arbeitete und unterstützte auf die eine oder andere Art diejenigen, die im Wald waren. Und nur ein paar aus der von Juozas verbrannten Aktivistenliste arbeiteten mit den Bratoks zusammen, waren gleichsam deren Augen, Ohren und Zungen. Wussten doch die Bratoks nicht so recht, mit wem sie es zu tun hatten im Tannenberg-von-Meer-zu-Meer-Land. Sie waren hier ohne Hilfe blind, stumm und taub. Deshalb schätzten sie diejenigen sehr, die ihnen zuarbeiteten, tranken mit ihnen Wodka, umarmten und küssten sie, sangen gemeinsam mit ihnen Lieder über die Umformung der Menschheit und der Natur. Und wie man die ganze Welt zu einem Land machte wie dem ihren, wo man das Proletariat ehrte, Rekorde erzielte, phantastische Projekte durchführte, aber sich nicht sehr für die Resultate interessierte. Wichtig war der Prozess selbst, und vor allem der Enthusiasmus. Aber sich vorzustellen, was geschehen würde, wenn ihre Pläne tatsächlich durchgeführt, die Rekorde tatsächlich zu Rekorden geworden wären und man mehr bewirkt hätte, als diese Länder mit fehlerhaften Gesellschaftsordnungen vermochten – das konnten sie nicht so recht. Deshalb ließen all diese ambitionierten Pläne gewöhnlich das Wunder vermissen, das man zeigen wollte. Sämtliche Pläne blieben irgendwann irgendwo stecken, und das Riesenland der Bratoks, das alle in Angst und Schrecken versetzte mit seiner Militärmacht, blieb zugleich das Land der Wattejacken und klobigen Soldatenstiefel, der Grütze und des billigen Branntweins. Vielleicht deshalb, weil man insgeheim ahnte, was man anrühren, welche Suppe man der Welt servieren müsste, würde man die propagierten Ziele tatsächlich erreichen.

Wer konnte wissen, was in den Köpfen der Bratoks vorging, was sie meinten und was sie nicht meinten, diese Wodkatrinker und Liebhaber sehnsuchtsvoller Lieder, warum ihnen wirtschaftlich rein gar nichts gelang, während sie militärisch nicht schlecht dastanden. Wer konnte das sagen, solange sie es selbst nicht wussten. Juozas wird es nicht sagen können, dieser Schuldirektor aus dem Dorf am Waldrand. Seine Frau wird es nicht sagen können, jene Schönheit, die nicht mehr wollte, dass General Teufel bei ihr übernachtete, aber bereit war, den letzten Kämpfer aus seiner Schar aufzunehmen. Auch Aurelius wird es nicht sagen können, ihr Bengel, geboren zwei Tage vor der Ankunft der Bratoks und dann sogleich Kämpfer in General Teufels Armee, der sich bereits vom zweiten auf den dritten Tag seines Lebens ausgezeichnet hatte. Und selbst wenn er es auch gekonnt hätte, oder alle drei, ihr ganzes Dorf oder selbst das ganze Land, na und? Die Bratoks würden trotzdem weitermachen, weil sie glaubten, das tun zu müssen. Und Juozas, seine Frau, der Kleine, das Dorf, sämtliche Einwohner dieses Von-Meer-zu-Meer-Landes sollten sich lieber darüber nicht den Kopf zerbrechen, sondern zusehen, wie man den Kopf nicht allzu weit heraus steckte. Und wie man überlebte.

Jeder aus Tannenbergland tat das auf seine Weise, jedoch stets einer heldenhaften Vergangenheit zugewandt, die jedem eine pilenische Selbstaufopferung abverlangte. Da waren die, die nicht das Glück gehabt hatten, der von den Bratoks geliebten proletarischen Kaste anzugehören, die es nicht geschafft hatten, sich davonzumachen zusammen mit den aufgeblasenen Ariern, die nur sich selbst liebten, alle anderen aber, ohne eine Kaste hervorzuheben, sämtlich als unwürdig und minderwertig verachteten. Dann die, die nicht in die Armee der Bratoks eintraten und zuvor die studentische Korpsmütze getragen, im Heer, bei der Polizei, in staatlichen Einrichtungen gedient hatten, Pfadfinder gewesen waren, Briefmarken gesammelt hatten, ehrfürchtig das Wort »Volk« aussprachen, früher irgendetwas Erwähnenswertes besessen hatten – alle die lebten nun in den Wäldern, in dort ausgehobenen Bunkern, Unterständen, in den Kellern der Bauernhäuser, schlau getarnt vor den Augen der Bratoks und ihrer Helfershelfer. Sie trugen Uniformen, besaßen Gewehre, mit denen sie, wann immer es ging, auf den Gegner anlegten, als wollten sie zeigen, dass sie das konnten und dass ihre diesbezügliche Enthaltsamkeit einige Jahre zuvor nichts als ein Irrtum gewesen war. Manche von ihnen machten so oft und so hartnäckig von ihrer Knarre Gebrauch, dass die Bratoks es nicht wagten, sich an bestimmten Orten blicken zu lassen, etwa in Juozas' und Juditas Dorf, General Teufels Hauptstadt. Hartnäckig weigerten sich die Tannenbergland-Kämpfer den Wald zu verlassen, selbst als die Bratoks versprachen, es werde nicht die Höchststrafe geben, nicht mal 25 oder 15 Jahre, ja nicht mal den lumpigen Zehner für den Daueraufenthalt im Wald. Es werde weniger sein, vielleicht sogar gar nichts. Natürlich nur dann, wenn man dem Land nichts Böses getan habe, diesem reichen Land mit den seltenen Erzen und der ganzen Mendelejew-Tafel im Boden, das dennoch bei seiner Steppjacken- und Soldatenstiefel-Mode geblieben war. Das die Arier besiegt und auf dem halben von ihnen besetzten Erdteil nun die eigene Ordnung eingeführt hatte, wo man aber immer noch Hafergrütze löffelte und sich immer noch billigen Branntwein in die Kehlen goss. Und wenn man sich niemals unehrerbietig über ihren Führer geäußert hatte. Der war von der Abstammung her kein Bratok, sondern ein »Genačvali«[14], der Pfeife rauchte mit Tabak aus der aufgelösten »Herzegowina Flor«-Papirossa gestopft, der gern »Cinandali« schlürfte, aber nur bratokisch sprach. Der wollte die bratokische Sprache überall einführen, nicht nur dort, wo seine Militärs und die ihnen folgenden Kolonisten schon waren, sondern auch dort, wo sie vorerst noch nicht waren. Weil die Proletarier jener Länder, die noch unter einer fehlerhaften Ordnung leben mussten, mit Neid auf das Land der Bratoks blickten, würden sie selbst die sie ausbeutenden Mächte stürzen oder die Bratoks, denen dies zwar wirtschaftlich nicht, aber militärisch umso mehr gelingen würde, um Hilfe bitten. Um dann aus Dankbarkeit den Glauben der Bratoks an das Heilige Proletariat anzunehmen, denn dann erst würden Ruhe und Eintracht auf der Welt einkehren. Denn wer wird sich in den Haaren liegen oder gar Krieg führen, wenn nur eine Sprache gesprochen wird? Alle werden arbeiten zum Wohl ihres Landes, danach zum Wohl der ganzen Welt und jeder wird nur so viel wollen wie er braucht, und nicht mehr, wie derzeit in den Ländern mit fehlerhaften Ordnungen.

Das war es, was dem Führer der Bratoks vorschwebte, und die Bratoks glaubten an die Richtigkeit dieses Weges. Wirklich schöne Dinge hatte der Führer der Bratoks vor, doch die aus dem Tannenbergland der Kriven und Vaidiluten sprachen weiterhin ihre eigene, höchst komplizierte, so gar nicht bratokische Sprache, lebten weiterhin in den Wäldern, hockten in Bunkern, in Erdlöchern und Kellern, raffiniert getarnt, und hinderten die Bratoks, deren Ordnung und deren Glauben einzuführen. Denn vor gar nicht so langer Zeit, erst ein paar Jahrhunderte war es her, hatten sie den Marienglauben angenommen, nachdem sie schwer und lange Widerstand geleistet, die Köpfe hingehalten hatten für ihren krivisch-vaidilutischen Glauben, einen Glauben an Perkunas und Potrimpas[15], auf Leben und Tod. Lange hatten sie deswegen mit den Vorfahren der Arier gekämpft, hatten sie geschlagen und selbst Prügel bezogen, sich aber nie geschlagen gegeben. Warum also sollten sie es jetzt tun, wo sie doch keinem Zwang unterlagen, wo sie ihren Glauben nicht auf den Knien empfangen mussten, nicht zur Zwangstaufe getrieben worden waren, auf das gezückte Schwert eines Ordensritters schielend. Sie selbst hatten sich entschlossen, den Glauben anzunehmen und Marienland zu werden. Allmählich hatten sie den alten Göttern, Perkunas, Potrimpas, Zemyna und anderen Naturgottheiten abgeschworen, sie waren die letzten Heiden und jüngsten Christen, so jung, dass sie es nicht schafften, ihren neuen Glauben zu reformieren. Immer noch pflegte man dessen theatralische Rituale, da man selbst theatralisch veranlagt war, bewegt von einer pilenischen Vergangenheit. Man konnte einfach nicht solche Glaubenssprünge vollführen, wie es die Bratoks vorführten. Und so starben sie in ihren Bunkern und Unterständen, umzingelt von den Bratoks, die Granaten hineinwarfen. Sie kamen nicht heraus mit erhobenen Händen, wie man es ihnen nahe legte, sondern sprengten sich selbst mit Granaten in die Luft, wenn die

Bratoks nichts fanden, wo sie die ihren hindurchwerfen konnten. Oder sie ließen sich vom Erdgeschoss aus hinmetzeln, wie in dem von Juozas beaufsichtigten Kinderheim. Eine ganze Kompanie ballerte dort so lange durch die Decke zum Dachboden, bis diese sich mit Blut vollsog, und dann befahlen sie der Heimerzieherin und ehemaligen Nonne hochzusteigen und nachzusehen, ob schon alle tot seien, oder ob man noch weiter schießen müsse.

Die Bratoks hatten genügend Munition und keine Eile, sie brauchten nicht, wie bei der Überquerung des Dneprs, ihrem Führer ein Geburtstagsgeschenk zu machen. Wie gewöhnlich waren sie auf Streife, als sie die Nachricht erhielten, dass sich jemand auf dem Dachboden des Heims befände, genauer gesagt, der Mann der Ex-Nonne mit seinen Mitstreitern, also General Teufels Stab, der dort seit der Ankunft der Bratoks tätig war. Die Bratoks bekamen also diese Nachricht, und die befohlene Sadschistka, die Säuberung, bedeutete hier nicht irgendeine hygienische Maßnahme, sondern eben das Einfangen und Vernichten von Menschen, wie zum Beispiel denen auf dem Dachboden. Deshalb erklärte der Kompanieführer, der von der Anwesenheit des feindlichen Stabes auf dem Dachboden des Heims erfahren hatte, kurz und bündig, der Mann der Ex-Nonne möge umgehend nach unten kommen samt seines Anhangs, und das mit erhobenen Händen. Er gab ihnen zu verstehen, dass sie lange genug im Wald gelebt, sich verstockt und querköpfig gezeigt, ihren Unwillen demonstriert hätten, den Glauben der Bratoks anzuerkennen, samt deren Staat, ihr reiches, aber bescheiden lebendes Land, das hochherzige Absichten in Hinblick auf andere Länder habe. Außerdem ihren Führer, der den Frieden liebe, dazu die Kinder und das Weltproletariat. Es sei Zeit, sich bereitzumachen für eine Reise zu den weißen Bären, um dort das richtige Weltverständnis zu erlernen und vielleicht etwas Nützliches zuwege zu bringen. Umso mehr, als im Land der weißen Bären, in Tundra und Taiga, Menschen fehlten, fast niemand wohne dort, nur diese besonders proletarischen und sehr lieben kleinen Völker, die sich Schneehütten bauten, mit Vergnügen tiefgefrorenes Robbenauge lutschten und den Hirschen nachzogen. Deshalb, bitte, nach unten, schön die Hände erhoben, und ohne Tricks. Doch die da so höflich gebeten wurden, wollten partout nicht nach unten kommen, sie fanden es dort oben auch gut, außerdem könnten sie, falls sie mit erhobenen Händen kämen, gar die Treppe herunterfallen. Noch weniger war ihnen danach, später irgendwo hinfahren zu müssen, denn man erzählte sich, dass es in jenen kalten Gegenden nicht platscht, wenn man auf die Erde spuckt, sondern die Spucke, zu winzigen Kügelchen gefroren, klirrend aufschlägt und wegrollt. Das Gleiche geschähe beim Pissen, bei dem plötzlich eine Eissäule emporwächst. Und die Leckerbissen dort und die Behausungen, nein danke, da sei ein Unterstand in Marienland[16] doch noch besser. Danach ballerten sie ein paar Mal durch das Dachbodenfenster, um dem Exkursionsvorschlag eine eindeutige Absage zu erteilen. Falls die Bratoks aber unbedingt wollten, dann könnten sie ja selbst zu ihnen hochkommen und sie nach unten begleiten.

Mit einem Wort, sie spielten weiter die harten Kerle, gaben sich theatralisch und echt pilenisch. Sechs Mann gegen eine ganze Kompanie. Aber die Bratoks dachten gar nicht daran, zu diesen Sechs auf den Dachboden hinaufzuklettern, sie nach unten abzuführen, umso mehr, als dies überhaupt kein Festtag war, sondern ein einfacher Sommertag, ein früher Morgen und die Operation nicht geplant. Sie waren nur zufällig durch diese Gegend gefahren und hatten von einem, den sie unterwegs getroffen hatten, erfahren, dass auf dem Dachboden des Heims der Stab General Teufels sei. Wer so eine Nachricht bekam, musste handeln, obwohl die Kompanie vielleicht lieber überhaupt nichts tun und weiterfahren, hingebungsvoll »Marussja« singen und keinerlei Säuberungen vornehmen wollte. Doch der, der es ihnen gesagt hatte, hätte das auch weitererzählen können. Und dann würde für den Kompanieführer Schluss sein, Aus, Sense, Finis. Vielleicht würde er dann noch selbst zu den weißen Bären reisen müssen, nur wegen einer solchen Nachlässigkeit.

Die Bratoks sind von Natur aus eher träge Menschen, die es lieben, etwas Hochprozentiges zu trinken und dazuliegen oder, eine Hand in die Hüfte gestützt, nach der Balalaika zu tanzen. Und so wären sie vielleicht gar nicht so umtriebig, gäbe es da nicht das System der gegenseitigen Beobachtung und Bespitzelung, das noch ganz andere Wirkungen erzielen konnte als jeder Wodka, jeder Teesud und jedes sonstige Rauschmittel.

Der Kompanieführer der Bratoks befahl also seinen Leuten, zu diesem Heim zu fahren, es zu umstellen und zunächst ruhig mit dem Mann der Ex-Nonne und denen, die bei ihm waren, zu reden, damit die sich abfanden mit dem, was sie erwartete. Kommt runter, hört ihr, und: ruki v verch[17], wenn ihr schon in der Falle sitzt, wenn wir euch dort oben schon erwischt haben, wenn die Maus schon ihren Schwanz gezeigt hat und ihr schon solche Trottel seid. Niemand will hier ohne zwingenden Grund das Feuer eröffnen. Gerade noch haben wir »Marussja« gesungen. Zählt nach, wie viele wir sind – wozu die Kinder erschrecken, diese unschuldigen Rebjatuschkas[18]. Wozu ein Haus, das dem Staat gehört, beschädigen, vom Staat zugeteilte Munition verschwenden, wo doch alles klarer als klar ist. Denkt darüber nach, solange wir hier eine rauchen. Ihr habt fünf Minuten, dann beenden wir diese Angelegenheit.

Die fünf Minuten waren vergangen, doch die da oben dachten gar nicht daran sich zu zeigen, verstanden nicht die elementarste Mathematik, wollten die Angelegenheit nicht so schnell beenden, pfiffen auf die Rebjatuschkas und das staatliche Inventar. Stattdessen schlugen sie auf dem Dachboden die Fenster ein, steckten ihre Köpfe heraus, sahen sich um zu dem nahen Wald und der Mutter der Flüsse, in der Absicht zu flüchten, den Fluss zu durchschwimmen, der an dieser Stelle gar nicht breit war, um am anderen Ufer in Sicherheit zu gelangen.

Das war dem Kompanieführer der Bratoks nun doch zu viel, solche Scherze verstand er nicht. »Matj«[19], murmelte er und noch mal »Matj«, dann schon mit dem verstärkenden Zusatz, und befahl seinen Leuten, das Erdgeschoss des Hauses zu besetzen, hundertfünfzig Rohre nach oben zu richten und ein wenig Feuer zu geben: aus Gewehren, aus Kalaschnikows, aus Maxim-MGs. Ohne jede Strategie und Taktik, ohne Ablenkungsmanöver auf der einen und eine unerwartete Attacke auf der anderen Seite, ohne jedwedes »Urrääää« und effektvolles Eindringen durch alle möglichen Öffnungen, wie es in Kriegsfilmen zu sehen war. Kein Sturm auf den Reichstag, nur eine Art Salut, ein Knattern, Rattern, Trommeln zur

Decke hin, nachdem sich die Kompanie in Züge und Gruppen geteilt hatte. Es klang so, als wären plötzlich viele Hämmer tätig, als nähmen mit einem Male sämtliche Waldspechte ihre Arbeit auf, als hätten die ins Innere Vorgedrungenen sich in fleißige Arbeiter verwandelt, in Tischler, entschlossen, ruck zuck eine staatliche Etagendecke zu reparieren. Doch sie reparierten sie nicht, sondern bohrten unentwegt Löcher hinein. Jeder ballerte, ratterte, hämmerte von dem ihm zugewiesenen Platz aus, so lange, bis es von sechs Stellen zu tropfen begänne. Sollten, wie es hieß, sechs von diesen Hundesöhnen da oben sein, so mussten es auch sechs Stellen sein, von denen es tropfte. Und die Bratoks bohrten weiter, warteten auf das Resultat. Und da tropfte es auch schon von einer Stelle wie der Saft aus einer Birke, nur dass dieser Saft nicht weiß war, sondern rot, als hätte man oben ein Weinfass angezapft. Sie wussten, was für eine Art Wein das war, und hielten noch heftiger drauf, dorthin, wo die Decke noch heil war, damit der rote Saft umso schneller tropfte. Denn, großer Gott, es war nicht angenehm, wenn es auf einen heruntertropfte, klebriges Zeug, das die Uniform und die Köpfe verschmierte. Und da blutete es schon vom zweiten, dritten, vierten, fünften, aber wo war der sechste, wohin war er verschwunden? Die Bratoks hämmerten an der Wand entlang gegen die Decke, nähten mit ihren Singer-Kalaschnikows überm Ofen, gingen kreuz und quer mit ihrem Maxim-MG drüber, aber es schien schon alles zu sein, so viel und so oft man auch bohrte, an einer sechsten Stelle tropfte es nicht rot. Und der Führer der Bratoks schickte die Ex-Nonne nach oben, geh, hörst du, sieh nach, was dein Angetrauter und die anderen dort treiben, ruf sie herunter, und wenn was ist, hilf ihnen herabzusteigen. Er war entschlossen, nicht einen einzigen Mann zu verlieren, nicht einen Verwundeten zurückzubringen, sondern »Marussja« singend heimzufahren, die Brut aus dem liquidierten Nest hinten auf dem Lastwagen. Und die Ex-Nonne ging, kletterte nach oben, um nachzusehen, wie es ihrem Mann und seinen Freunden ging, nachzuschauen, warum die Decke sich nur an fünf Stellen rot gefärbt hatte, und sie kam und trug sie alle, die schon »sudie«[20] gesagt, sich schon aus diesem Tränental verabschiedet hatten, auf ihren Schultern nach unten, einen, zwei, drei, vier, fünf, sechs, alle blutig, sie selbst blutüberströmt vom Kopf bis zu den Füßen, und legte sie im Hof gegenüber dem Kinderheim ab. Ohne dem Kompanieführer der Bratoks erklärt zu haben, warum es nur an fünf Stellen getropft hatte. Sie stand neben denen, die da lagen, und sagte überhaupt kein Wort, blieb stumm, als hätte sie die Sprache plötzlich verloren, als wäre sie schon mit ihnen gegangen. So fuhr sie auch mit ihnen, ohne ein Wort zu sagen, ohne etwas zu hören und zu sehen, auf dem hinteren Teil des Lastwagens, blutbesudelter als jeder von ihnen, aber aufrecht sitzend.

Niemand hatte sich später über das plötzliche Erscheinen der Bratoks gewundert, niemand sprach überhaupt über das Ereignis, niemand kommentierte es. Vielleicht deshalb, weil sich alles im Inneren des Hauses abgespielt und niemand gesehen hatte, wer sich wie verhalten hatte, weder die Bratoks im Erdgeschoss noch General Teufels Stabsleute, die nicht hatten herunterkommen wollen, auf dem Dachboden. Hatten auch sie geschossen? Waren sie von einer Ecke in die andere gerannt? Waren sie auf die Knie gefallen und hatten zu ihren Göttern gebetet, den alten oder den neuen?

Dieses Geheimnis nahmen sie mit sich, es begleitete sie zur Kommandantur, wo man sie am Zaun ablegte, damit aufmerksame Augen sich umsehen konnten, ob es noch welche gab, die ihnen nahegestanden hatten, außer der Ex-Nonne, die ebenfalls ohne Kommentar auskam, die überhaupt aufgehört hatte, das Geschenk der Sprache zu benutzen, und das für den Rest ihres Lebens. Die einheimischen Spurensucher klärten gleich die den Kompanieführer der Bratoks interessierende Frage – warum es nur an fünf Stellen von der Decke getropft hatte, und nicht von sechs. Zwei waren dort nebeneinander gestorben, das junge pilenische Blut war in eine Lache geflossen, hatte sich vermischt und war nach unten getropft. Wer waren die beiden, die es in den letzten Minuten noch geschafft hatten, Blutsbrüder zu werden? Kein Wort darüber, niemanden schien das zu kümmern, als wäre das eine Sache, über die es sich nicht zu sprechen lohnte, stattdessen hatten alle etwas anderes auf den Lippen, stattdessen sprachen alle ein Wort aus: »Schuster«, »der Schuster«, »des Schusters«, »dem Schuster«, die Leute deklinierten ständig dieses eine Wort. Als sorgten sie sich plötzlich um ihre Schuhe und wollten sie repariert haben, die Sohlen genagelt, die Absätze geklebt, die Löcher gestopft, oder als wollten sie sogar neue kaufen. Als wäre gerade das jetzt das Wichtigste, als spürten alle, dass man würde viel laufen müssen, was wiederum gesundes Schuhwerk erforderte.

Aber nicht über Schuhe tuschelten die Dorfbewohner. Niemand schickte sich an, zu dem Schuster zu gehen mit irgendwelchen Aufträgen, mit altem, löchrigem oder sonst schadhaftem Schuhwerk, niemand dachte daran, neue zu bestellen. Alle flüsterten, tuschelten, tratschten darüber, dass der Schuster am bewussten Morgen im Wald gewesen sei, auf der Seite, von der die Bratoks gekommen waren. Er hatte dort Pilze gesucht, deren Stängel er mit seinem scharfen Schustermesser kappte, mit dem er gewöhnlich Leder, Gummi, Ersatzleder zuschnitt. Er sammelte einen ganzen Korb voll: Steinpilze, Butterpilze, Maronen, Pfifferlinge, Champignons, den Gelben Ziegenbart, Hallimasch. Er ging damit den Bratoks nach, bis zum Kinderheim, und sah, was sich dort abspielte. Ohne ein Wort zu sagen, stand er da, sich den Korb voller Pilze vor den Bauch haltend, als wollte er sie zum Verkauf anbieten, als hätte er sich plötzlich vom Schuster zum Verkäufer umschulen lassen, als würde sich dort irgendjemand um Pilze scheren. Und so stand er da mit vorgehaltenem Korb und versteinertem Gesicht, wie alle, wie auch die Ex-Nonne, die General Teufels Stabsleute vom Dachboden geholt und am Zaun abgelegt hatte. Er stand wie alle anderen auch und schwieg, gleichsam zum Beweis, dass, wenn etwas wirklich Ernstes vor sich geht, nicht geschrien, gejammert und geklagt, sondern geschwiegen wird. Als hätte man einen Stock verschluckt, als stockte einem der Atem, als sei man zur Salzsäule erstarrt.

Er stand da und schwieg wie alle, aber er war Schuster, und er war mit einem Korb voller Pilze aus dem Wald gekommen, von der Seite, von der die Bratoks gekommen waren. Und war ihnen nachgegangen. Derselbe Schuster, der sich vor dem Krieg, wie auch Juozas' Schwiegervater, mit den roten Weltbegradigern eingelassen hatte. Er war zu ihren Versammlungen gegangen und hatte ihre Plakate getragen, die das Proletariat verherrlichten, hatte damit in den Augen der Bratoks beinahe die beste Akte im Dorf. Er selbst war Schuster, sein Vater war Schuster gewesen, sein Sohn bereitete sich darauf vor, Schuster zu werden, lernte bereits, Leder, Kunstleder oder Gummi zuzuschneiden, mit einem Blick herauszufinden, was den Schuhen, die man brachte, fehlte. Mit einem Wort, die Erfahrungen einer proletarischen Schusterdynastie wurden weitergegeben, und er brauchte nicht wie viele andere Brot zu trocknen für Verbannung oder Gefängnis. Über ihn, seine Akte, dass er einst mit Transparenten marschiert war, sich vermutlich über die Rückkehr der Bratoks gefreut hatte, sein verdächtiges Kommen genau von der Seite, von der die Bratoks gekommen waren, tuschelte und flüsterte das Dorf, dem der Atem stockte und die Sprache fehlte, aber nicht für alle Zeiten wie der Ex-Nonne – es war nur vorübergehend sprachlos geworden. Alle wiederholten das Wort »Schuster«, deklinierten es, variierten es bis hin zum Ausrufezeichen, aber niemand sprach mit dem Mann selbst. Niemand fragte oder erkundigte sich, ob er die Bratoks zufällig getroffen hatte an jenem Morgen. Oder fragte ihn, was passiert sei. Man gab sich so, als wäre das Problem der Beschuhung für alle Zeiten gelöst und als gäbe es einen Schuster gar nicht. Als wäre er ein leerer Ort, Luft oder sonst etwas, das man weder hörte noch sah: ein Niemand, ein Nobody, ein Nichts. Und er verschwand tatsächlich, was war anderes zu erwarten zu gewissen Zeiten, unter gewissen Umständen. Wenn man einen Menschen für ein Nichts hält, dann wird er es auch, er erfüllt damit sozusagen die Erwartung.

Noch am gleichen Tag wurde der Sohn des Schusters gefunden, dieser zwölfjährige Lausebengel, der dabei war, die Erfahrungen der Schusterdynastie zu übernehmen, mit einem Dolch an die Wand der Kate genagelt. Auf dem Lehmfußboden lag seine Mutter, die Frau des Schusters, tot, offenbar von schwacher Gesundheit, denn sie war völlig unverletzt und hatte es nur nicht ausgehalten mit anzusehen, was man mit ihrem Sohn machte. Wohin der Schuster verschwunden war, klärte sich dann nach drei Tagen auf, als aus der Mutter der Flüsse, dort, wo sie eine Senke hatte, seine Beine herausragten, unweit der Badestelle für die Dorfweiber, und alle sahen, dass der Schuster sich kopfüber im Wasser befand, als suchte er irgendetwas auf dem Grund des Flusses, als könnten dort Perlen sein. Aber ein Schuster würde sich wohl kaum wie ein Perlenfischer in der Südsee benehmen. Er tauchte so seltsam auf, weil er einen Stein um den Hals trug.

Die krivisch-vaidilutisch-pilenische Gerichtsbarkeit war erbarmungslos, und sie war schnell. Sie kannte keine Gefängnisse und kein Studium von Gerichtsakten, das Spektrum der Strafen umfasste Warnungen, Prügel und schließlich die Verschickung ins Jenseits. Und sie war besonders kompromisslos gegenüber Verrätern.

Was den Schuster anbetraf, stellte sich heraus, dass man sich geirrt hatte. Der hatte den Bratoks nichts erzählt, sie nicht angehalten vor dem Dorf, ihnen nicht verraten, wer auf dem Dachboden des Heims sein Quartier hatte. Das hatte ein anderer getan. Der Schuster war also ohne jeden Grund in die Senke des Flusses geraten, dorthin, wo die Dorfweiber badeten. Und, wie sich später der eine oder andere erinnerte, er soll auch kein so großer Verehrer der Bratoks gewesen sein und sogar über deren miserables Schuhwerk gespottet haben.

Ein Irrtum war passiert, die Gemüter hatten sich erhitzt, gerade wegen der idealen Akte des Schusters. Was zu gut ist, ist offensichtlich ungesund.

4

Eine heroische Zeit erscheint nur aus der Ferne, aus einer gewissen Distanz, schön, romantisch und gerecht. Denjenigen, die in ihr leben müssen, gefällt sie kein bisschen, und alle warten nur auf ihr Ende, unwichtig, auf welcher Seite sie stehen – auf der der Gewinner oder der der Verlierer. Ist jedoch erst genügend Zeit vergangen, beginnt man sich mit den Federn der Zeitgenossen dieser heroischen Tage zu schmücken und daraus seinen Nutzen zu ziehen. Meist finden sich dann auch mehr Helden, als es in Wahrheit gewesen waren. Oder die wirklichen Heroen sind vergessen und an deren Stelle tauchen andere auf, die überhaupt niemand in dieser Funktion vermutet hätte.

Aber wer hat denn nun die bis dahin so festgefügte Kette krivisch-vaidilutisch-pilenischen Zusammenhalts durchhauen, wer versetzte General Teufels Hauptstadt den tödlichen Schlag, wer schickte die Bratoks dorthin, wer war für den Beginn ihres Untergangs verantwortlich?

Ledinis war es. Er sprengte diese Kette, er führte diesen Schlag aus, er war es, der den Anfang machte. Er hielt an diesem Morgen die durch den Wald fahrende Kompanie an, sagte dem Kompanieführer, was sich auf dem Dachboden des Heims abspielt, anschließend ging er zur Kommandantur, um dort alles zu erzählen. Das, was er über den Priester wusste, der nachts General Teufels Leute beerdigte oder ihnen die Beichte abnahm, über die Ex-Nonne, die mit dem Chef des Stabes verheiratet war, den getauften Goldjungen. Er versuchte zu erklären, wie der Säugling zu dieser Ehre gekommen war und sich daraufhin General Teufel zu seinem Taufpaten erklärt hatte. Aber die Bratoks befahlen ihm, keinen Blödsinn zu reden, und dann berichtete Ledinis weiter: von dem Müller und wie viele Schweine der für General Teufel gemästet habe, wer Juozas, ein von den Bratoks bezahlter Staatsdiener, in Wirklichkeit war. Dann berichtete er von Juozas II und von dem Milizionär, schilderte dieses ganze Nest am Waldrand, dort, wo sich die Mutter der Flüsse mit einem kleineren Fluss traf. Ledinis berichtete, wie General Teufel sich vom einen Ufer der Mutter der Flüsse zum anderen bewegte und auf diese Weise seine Verfolger an der Nase herumführte, wie er Wassermann spielte.

Hier wurde er wieder von den Bratoks unterbrochen, keinen Quatsch zu reden, aber sie schrieben eifrig alles auf: Von dem Müller, der für General Teufel Schweine mästete, von dem Heimerzieher und Schullehrer, von General Teufels Stab auf dem Dachboden, wo sie »Stimmen«, die von den Amis zu ihnen herüberdrangen, abhörten, deren Versprechungen, Tannenbergland zu befreien und die sich unrechtmäßig darin aufhaltenden Bratoks zu verjagen. Darüber konnten die Bratoks nur lachen. Die Amis, so sagten sie, hätten jetzt Angst vor ihnen und würden niemanden befreien, redeten nur so, trieben ihre Propaganda, um die Hiesigen zum Narren zu halten und die inzwischen nicht mehr mit ihnen verbündeten Bratoks zu ärgern. Man würde eben gezwungen sein, Störsender einzusetzen, um die »Stimmen« zum Schweigen zu bringen und die, die sie abhörten, ein wenig zu bearbeiten. Überhaupt seien die Einheimischen so naiv, gegen sie Krieg zu führen, und das zu einer Zeit, in der die ganze Welt vor ihnen zittere und zu ihrem nichtexistierenden Gott bete, um nicht von ihnen, den Bratoks, Besuch zu bekommen.

So redeten die Verhörer mit Ledinis, notierten sich, was ihnen wesentlich schien, unterbrachen ihn, wenn er sich Abschweifungen erlaubte, entschlossen, das Wespennest am Waldrand, wo ein kleiner Fluss in die Mutter der Flüsse mündete, auszuräuchern, der bisher unbeachteten Hauptstadt General Teufels den Garaus zu machen. Dort, wo man sich erdreistet hatte, öffentlich Helden auszuzeichnen, sie mit allen Ehren auf eigenen Friedhöfen zu bestatten, und sich überhaupt so benahm, als wäre dieser Ort tatsächlich eine Hauptstadt. Und obendrein diese freche Nichtbeachtung der Regeln eines Kriegs ohne Fronten. Die Bewohner dieser »Hauptstadt« würden sich auf der Folterbank zu bewähren haben, man werde ihnen schon Möglichkeiten geben, Durchhaltevermögen zu zeigen. Denn es sei eine Sache, im Geheimen gegen sie zu sein und zu leben wie in Gottes Schoß, aber etwas ganz anderes, ihre Scheißwahrheiten offen zu bekennen.

Ledinis' Verhörer hatten keinen Grund, an dem zu zweifeln, was ihnen erzählt wurde. Aber wer war eigentlich dieser Ledinis, der plötzlich wie aus dem Nichts aufgetaucht war, woher kam er und warum wusste er so gut Bescheid? Ledinis war ein Zögling des Waisenhauses. Gefunden hatte man ihn, als er noch nicht sprechen konnte, auf dem Eis, das die Mutter der Flüsse mit sich führte, daher der Name Ledinis[21]. Er hatte bei Juozas schon die Schule beendet, lebte aber, da er sonst kein Dach überm Kopf gehabt hätte, weiter im Heim. So manches Mal war er auf dem Dachboden gewesen, bei den Leuten des Stabes, hatte an der Hochzeit der Ex-Nonne mit dem Stabschef teilgenommen, ebenso an der Taufe von Aurelius, den er getragen und mit dem er im Hof des Heims gespielt hatte. Er hatte General Teufel kommen und gehen sehen, war in der Kirche als Messdiener zur Hand gegangen und hatte geholfen, für die Gefallenen Gruben auszuheben. Er hatte den vom Müller für General Teufel gemästeten Ferkeln die Borsten abgesengt, für die Stabsleute Briefe getragen, die im Astloch einer Eiche deponiert wurden, von dort auch Post für sie abgeholt, auf ihre Anweisung hin jenen Zettel an die Scheune des bratokischen Kolonisten geheftet, auf dem stand, er und die seinen sollten sich verpissen. Mit einem Wort, er wusste alles über alle oder jedenfalls so viel, wie es einem gewitzten Halbwüchsigen möglich war. Und eines schönen Tages beschloss er, dieses Wissen mit den Bratoks zu teilen. Als er auf dem Weg der »Marussja« singenden Kompanie begegnet war, schickte er sie los, als könne er es nicht länger aushalten, als müsse das Wespennest auf dem Dachboden des Heims endlich ausgeräuchert werden.

Und er selbst ging weiter zur Kommandantur, um dort ordentlich auszupacken. Was trieb ihn dazu? Warum tat er das? War Ledinis schon damals, vor vielen Jahren, ein auf Eis gelegter Spion der Bratoks und bereits damals ihr Soldat, so wie Aurelius, der kaum geboren oder sogar noch im Mutterleib, auf General Teufels Seite war? Hatten also die im Dorf sich Ledinis geholt, wie man sich ein trojanisches Pferd hereinholt, ihn gefüttert und großgezogen, bis er sie eines Tages ihren Peinigern ausliefern würde? Vielleicht, denn wenn der Goldjunge... Aber vielleicht auch nicht, denn später, als die Bratoks zuschlugen und alles aushoben, blieben in dem Dorf, da, wo die Mutter der Flüsse vorbeirauschte, nur Aurelius, der in eine langjährige ironische Resistenz übergegangen war, die traurige Witwe Judita, dazu die sich selbst überlassenen Heimbewohner. Und dann noch die Frau des Müllers, die die Begegnung mit der Gerichtsbarkeit der Bratoks nicht ausgehalten und den Verstand verloren hatte und die Judita, wenn sie durchs Fenster blickte, zuweilen beneidete. Nach allen Gegenüberstellungen, bei denen er die Schuld der anderen bewiesen und also das seinige getan hatte, fuhr Ledinis, von den Bratoks die ganze Zeit über beschützt und mit einer Medaille ausgezeichnet, in die Hauptstadt, um zu studieren. Dort brüstete er sich gern vor den Freunden des Jugendverbandes, wie er General Teufels Hauptstadt den Garaus gemacht hatte. Das sollte als Warnung gelten dafür, dass selbst dann, wenn alles in schönster Ordnung zu sein scheint, ein Ledinis auftauchen und alles zerstören kann.

5

In einem Krieg ohne Fronten hätte man eigentlich an allen Schulen des Landes Folterunterricht einführen müssen, um so der neuen Generation beizubringen, wie man Verhöre durchzustehen vermochte, bei denen einem die Finger in der Tür geklemmt, die Fußsohlen angesengt, bei denen gequetscht, was zu quetschen und gebrochen, was zu brechen war. Man hätte lernen müssen, den Schmerz zu verachten wie die Indianer und die anderen nicht zu kennen – jeder hätte seine Möglichkeiten kennen lernen müssen, um nicht darüber zu rätseln wie Juozas.

Aber Juozas ging kein Risiko ein. Er wurde nach der Liquidierung des Stabes, der darauffolgenden Auslöschung der Schusterfamilie und dem von niemandem bemerkten Verschwinden Ledinis' als einer der ersten festgenommen, zur Kommandantur gebracht, dann zur Kreiskommandantur, mit einem über den Kopf gestülpten Sack, aber mit blitzblanken Stiefeln, seiner Visitenkarte, die über den Rand des Pferdewagens ragten. Einige Tage hatte er im Gefängnis der Kreiskommandantur verbringen müssen, mit drei Zellengenossen, dem Verstummten, dem Röchelnden und dem Kichernden. Er war dann vorgeladen worden, und die Bratoks hatten geradeheraus verlangt, seinen Taufpaten, General Teufel, auszuliefern. So sagten sie es auch: »Bring uns diesen Taufpaten General Teufel!«. Und er, zweifelnd an seinen Fähigkeiten, der Folterbank zu widerstehen, sagte sofort zu, schlug die Chance aus, als Märtyrer zu sterben für Tannenbergland, zu Gunsten einer nur von Aurelius anerkannten Heldenkategorie: Helden, die ihre Möglichkeiten mit Bedacht abwägen. So versprach er den Bratoks, was er nicht einzuhalten gedachte, nur um herauszukommen aus dieser üblen Zelle, in der er mit Leuten zusammengesperrt war, die für den Rest ihres Lebens Krüppel sein würden, begann sein Katz-und Maus-Spiel. Und dann beging er den Fehler, seinem Namensvetter Juozas II, der danach auf ihn zukam, zu erzählen, wie er heil aus der Gefängniszelle gekommen war, was er tun sollte, aber nicht zu tun gedachte. Obwohl das ganz und gar unnötig war, er hätte sich Juozas II gegenüber nicht so offen geben dürfen. Es hätte gereicht, auf ewige Zeiten die Verandafenster zu schließen, die denen im Wald signalisierten, was Sache war, und eine Ersatzverbindung aufzubauen. Indem er umgehend kollaborierte, hatte Juozas unbewusst einen alten Trick benutzt, den Spione anwenden, nämlich entweder sofort zu gestehen oder niemals. Er hatte die Rede auf die entsprechenden Instruktionen gelenkt und ging dann durch die Gefängnistür zusammen mit Kostas, einem ehemaligen Kommilitonen von ihm und Judita. Der war bei den Bratoks gewesen, die ihn verhört hatten, einer, der auf der Liste gestanden hatte, die Juozas beim Heranrücken der Arier verbrannt hatte. Im Seminar hatte Kostas Judita verehrt und ihr nun versprochen, Juozas zu helfen, sich für das, was der damals für ihn getan hatte, zu revanchieren. Auf der Straße, bevor sie sich trennten, umarmten sie sich demonstrativ, und schon näherte sich Juozas II, dem gegenüber er besser den Mund gehalten hätte. Es hätte gereicht ihm zu sagen, Kostas hätte ihn herausgehauen, der sei keineswegs so ein Schweinehund, wie man geglaubt habe. Judita sei am Abend bei ihm gewesen, und das sei das Resultat. Nicht umsonst hieß es, Studienfreunde seien fast dasselbe wie Brüder. Aber Juozas hatte die Luft der Freiheit offenbar schwindelig gemacht oder den Kopf vernebelt, er plauderte alles aus, so wie ein Urlauber sein gestriges Liebesabenteuer erzählt, und das ausgerechnet seinem Namensvetter Juozas II. Der war nämlich, noch vor Ledinis' Verrat, von den Bratoks erpresst worden, als er eindeutig gefälschte Vermögenslisten zur Kommandantur gebracht hatte. Daraufhin hatten ihn die Bratoks in einer halben Stunde zu dem gemacht, was man später »unseren Mann in Havanna« nennen sollte. Ihn setzten sie nun auf Juozas an. Und zehn Minuten später wussten sie, wie mit ihm zu verfahren war. Juozas war in ihrem Spiel zur Maus geworden, der man die Augen verbunden hatte, obwohl er sich noch immer als Katze sah und meinte, alles im Griff zu haben. Als er, zu Hause angekommen, Judita erklärte, wie gut alles nun werde und er gleich zwei Fliegen mit einer Klappe geschlagen habe, nickte sie nur betrübt mit dem Kopf. Dann begann sie auf Kostas zu schimpfen, der habe ihr versprochen, ihn dort rauszuholen, aber nicht gegen irgendwelche Versprechungen. Er wäre wohl doch der Schweinehund, als der er gegolten habe, oder er habe keineswegs soviel Einfluss bei den Bratoks, wie er den Anschein gab.

Dabei hatte Juozas ihn wirklich gerettet, als er diese Listen verbrannte. Und das war der Dank, dass man ihren Mann noch mehr ins Elend stürzte. Es wäre am Ende besser gewesen, so Judita, man hätte ihn ein wenig zusammengeschlagen und dann den üblichen Zehner verpasst, die begehrte Mini-Strafe.

Zehn lächerliche Jahre Tundra, Taiga, Stacheldraht und dann Rückkehr, nachdem er das Eis, die Läuse, das l'art-pour-l'art-Bauwesen oder den Schacht irgendwie durchgehalten hatte. Oder als Holzfäller im Land der Bratoks, wie Juditas Vater, der widersprüchliche Proletarier. Der hatte ein Leben lang Bäume zersägt. Vielleicht würde ihm Juozas sogar von dort schreiben und der Holzfäller-Veteran ihm nützliche Ratschläge geben können. Etwa wie zu vermeiden war, dass man unter einem Baum begraben wurde, aus welchem Winkel man Äste kappte, wie man einen geschälten Stamm auf die Plattform wälzte und andere nur Spezialisten bekannte Tricks. Und schließlich, wie man kein Asthma bekam. Juozas war nicht so stark wie ihr Vater. Der hatte für seine Familie geschuftet, um ihr, Judita, Mutter des Goldjungen, eine gewisse Ausbildung zukommen zu lassen. Juozas konnte allenfalls so tun, als setze er alle körperlichen Kräfte ein. Er musste schauspielern, die Augen aufreißen und nach Luft schnappen, wenn er einen Stamm wälzte, und in Gedanken nicht nachzählen, was er verdiente, sondern die Tage, die er noch in Gefangenschaft zubringen musste. Sie würde mit Aurelius hier irgendwie durchkommen, beide würden sie übergehen zu einem stummen ironischen Widerstand, so wie Aurelius es bereits nach seiner Taufe getan hatte. Juozas, indem er nur so tat, als würde er seine Muskeln anstrengen, würde dort Widerstand leisten und sie hier vor Ort. Und nach seiner Rückkehr würden sie es zusammen tun bis ans Ende ihrer Tage, oder bis die Bratoks aus dem Land vertrieben sein würden oder von selbst gingen.

So erörterte Judita in Gedanken das weitere Schicksal ihrer Familie, und sie war entschlossen, selbst zur Kommandantur zu fahren, um Kostas zu bitten, man sollte Juozas doch noch festnehmen und ihm seine zehn Jährchen verpassen. Doch es war zu spät, die Würfel waren gefallen, und ihr Reden war nur eine Art Dampfablassen, Reden um des Redens willen, oder Überlegungen, was gewesen wäre, wenn... Doch so war es nicht, und jetzt war Juozas zu Hause. Er wollte keine Prügel beziehen, zweifelte an seiner Fähigkeit durchzuhalten, ohne dass man ihm Geständnisse entlockte und entsagte einer Karriere als Holzfäller. Und wollte seine Karriere als Schuldirektor am Ort ihrer ersten Bestimmung fortsetzen, in dem von den Bratoks nach Ledinis' Verrat ausgehobenen Hauptquartier von General Teufel. Er schloss für immer das Verandafenster, hatte nicht vor, den Geranientopf aufs Fensterbrett zu stellen, wie er es mit den Bratoks vereinbart hatte als Zeichen dafür, dass General Teufel bei ihm war oder sogleich sein würde.

Juozas war nach Ledinis' Verrat zum Doppelagenten *de jure* geworden, wenn er auch nicht gewillt war, es *de facto* zu werden. Bitte Genossen, warum nicht, ich werde diesen Geranientopf aufs Fensterbrett stellen, und wenn der Gesuchte kommt oder mich irgendwohin einlädt, braucht ihr dann nur auf der Lauer zu liegen. Und dann macht, was ihr wollt. Aber der Mann lässt eben nichts von sich hören.

Er, so berichtete Juozas seinen Verhörern, kam zu mir, manchmal hat er bei mir übernachtet, ich hatte kein Gewehr, wir sprachen nie über militärische Operationen, sondern über allgemeine Angelegenheiten. Er nannte mich »Bildungsminister« und ließ mich der sein, der ich sein wollte. Er war gern bei uns, spielte auch manchmal mit dem Kleinen, denn Aurelius war sein Patenkind. Seine Frau und seine Kinder habt ihr ja schon... Entschuldigung. Und ich konnte im Dorf frei herumlaufen, meine Schaftstiefel zeigen. Und da geht mir ein Licht auf! Hört zu, als ihr mich abgeholt und weggebracht habt, da hatte ich natürlich diese Stiefel an, hier kennt die jeder, schon aus einiger Entfernung. Wahrscheinlich hat einer sie gesehen und es General Teufel gesagt, der weiß also, dass ich bei euch gewesen bin. So ist er misstrauisch geworden. Und das wird der Grund sein, warum er sich nicht blicken lässt.

Das also erklärte Juozas den Genossen, um sie an der Nase herumzuführen. Aber war es wirklich Trickserei? Denn eigentlich sagte er beinahe die Wahrheit.

Ein Gewehr besaß er wirklich nicht, mit General Teufel hatte er über allgemeine Dinge geredet, als wäre er wirklich sein Bildungsminister, allenfalls hatten sie über irgendwelche künftigen Registrierungen gesprochen, Listen von Menschen oder Vermögen und ähnlichem. Daraufhin hatten General Teufels Leute selbst alles in die Hand genommen und das getan, was ihnen richtig erschien. Wie seinerzeit die Sache mit der Vermögensliste, die Juozas II in seiner Eigenschaft als Lehrer zusammenzustellen hatte. Nach diesen Listen entschieden die Bratoks, wie mit wem zu verfahren war. General Teufels Leute hatten in dieser Liste alle bettelarm erscheinen lassen, und so knöpften sich die Bratoks Juozas II vor und warben ihn an.

Juozas hatte General Teufel nicht mal mit Lebensmitteln unterstützt, denn er und Judita bekamen gerade mal so viel, dass es für Aurelius' Nuckel reichte (nachdem der Kleine gezahnt hatte, vernichtete er diese Dinger reihenweise, kaum steckte man ihm einen in den Mund, zerkaute und zerbiss er ihn, spuckte ihn aus und plärrte, weil er einen neuen wollte). Sie lebten beinahe wie die im Wald von dem, was die Leute gaben.

Und General Teufel? Warum kam er nicht? War er misstrauisch geworden, als sein Bildungsminister mit einem Sack über dem Kopf abgeholt worden war? General Teufel hatte das geschlossene Verandafenster gesehen und wusste, es war keine Zeit für Gespräche über allgemeine Themen oder dafür, seinem Patenkind das Köpfchen zu streicheln. Umso mehr, als der Kleine nichts Außergewöhnliches mehr bewirkte, der biss nur Nuckel durch, um dann zu plärren, weil er einen neuen verlangte. Nicht mal vor der Gefahr, die dem Stab auf dem Dachboden drohte, hatte er gewarnt. General Teufel ließ sich nach diesem Vorfall überhaupt nicht mehr blicken. In einem Krieg wie diesem war eine Hauptstadt nicht zu verteidigen, deren Bewohner hatten sich selbst um ihr Schicksal zu kümmern. Hinzu kam, dass sein Unterstand diesseits der Mutter der Flüsse entdeckt worden war, zwei Brüder, die ihn sichern sollten, waren dabei ums Leben gekommen. Statt sich zu ergeben und mit erhobenen Händen herauszukommen, hatten sie sich, demonstrativ-pilenisch, gegenseitig erschossen. So hielt sich General Teufel vorerst am anderen Ufer auf, er war nicht so einfältig, sich dorthin zu begeben, wo die Bratoks auf ihn lauerten.

Und was taten die? Wie dachten sie selbst über das, was der Schuldirektor ihnen erzählt hatte? Wie erschien ihnen Juozas, der den Schlaukopf spielte, wie dachten die Befreier *de jure* und Okkupanten *de facto* über das, was der Schuldirektor ihnen erzählt hatte? Wie erschien ihnen das Spielchen, das er mit ihnen zu spielen glaubte? Soll er sich brüsten mit seiner Schlauheit, dachten sie, wenn ihm das gefällt. Gleich nachdem er aus der Knastzelle entlassen worden war und umgehend seinem Namensvetter Juozas II gebeichtet hatte, wussten die Bratoks, wie mit dem Mann zu verfahren war. Sicher wussten sie auch oder ahnten zumindest, dass er für immer das Verandafenster schließen, es einfach festnageln würde und dass General Teufel sich überhaupt nicht mehr blicken lassen würde. Aber dennoch fragten sie nach, heuchelten Interesse, taten so, als glaubten sie den Ausführungen des Pädagogen. Dabei war ihm längst eine ganz andere Rolle zugedacht: Juozas sollte als General Teufels Opfer präsentiert werden. Man war bereit, sich die Beerdigung etwas kosten zu lassen, ein Staatsbegräbnis zu arrangieren, mit dekorativ aufgebahrtem Leichnam, Kränzen und Schleifen, mit Blasorchester, pathetischen Ansprachen, Schwur und Ehrensalve.

Die Einigkeit der Einheimischen war den Bratoks ein Dorn im Auge, sie wollten sie, getreu dem altbewährten Prinzip »Teile und herrsche«, das irgendjemand – und nicht mal einer der ihren – erdacht hatte, ein wenig zersetzen. Was hatte man davon, wenn man Juozas die Glieder ausrenken und ihn büßen ließ, wenn ihn ein Gericht verurteilte, um ihm dann, je nach Laune des Staatsanwalts, die Mini-, die Midi- oder die Maxistrafe zu verpassen, für seine Verbindung zu General Teufel, dafür, dass er dessen Bildungsminister gewesen und mit ihm Taufpatenschaften gepflegt hatte. Und Judita mit dem Kleinen deportierte. Die Einheimischen würden sie hassen und noch weniger mit ihnen reden. Klar, man könnte sie alle zusammentreiben und in die Verbannung schicken, doch das passte nicht zu den Plänen des bratokischen Führers. Der sah vor, einen Teil der Bewohner Tannenberglands am Ort zu belassen und die Sache mit den weißen Armbinden und dem Hinterhergeballere, nachdem die Arier angegriffen hatten, zu vergessen. Ihnen gegenüber war er aus irgendeinem Grund nicht so streng wie gegenüber einigen anderen kleinen Völkerschaften seines Riesenreiches, die ihn, so sah er es, sehr enttäuscht hatten, als man mit den Ariern

Krieg führte. Daher waren sie allesamt zwangsumgesiedelt worden, um dafür zu büßen. Vielleicht weil diese Völkerschaften Nachbarn der wirklichen Heimat des bratokischen Führers waren und er sich wegen ihres Betragens schämte. Oder er hatte sie von Geburt an gehasst – wer versteht schon diese nachbarschaftlichen Beziehungen?

Mit den Bewohnern Tannenberglands gedachte man anders zu verfahren. Sollten sie ruhig weiter auf ihrem Chagrinleder leben, das sich von selbst zusammenziehen und schließlich verschwinden würde, dann nämlich, wenn zwischen den Einheimischen und den Kolonisten ausreichend Ehen geschlossen waren, man sich vermischte und vermehrte. Um diesen Prozess zu beschleunigen, musste man Juozas zum Märtyrer machen. Gleich jetzt, nachdem sich die Gemüter erhitzt und irrtümlich die Familie des Schusters ausgelöscht worden war. Es wurde viel getuschelt, und die Liquidierung des Stabes durch die Decke wurde kaum noch erwähnt. Und was wäre, wenn Juozas... So ließen ihn die Bratoks weiter durchs Dorf schlendern und nach Rasierwasser duften. Man tat so, als glaube man dem, was er sagte, und wartete den rechten Moment ab, der mit den Wahlen kommen würde.

Ja, die Bratoks taten weiterhin so, als herrschte in Tannenbergland tiefster Friede, und so hielten sie Wahlen ab. Alle hatten für sie zu stimmen oder für die Kandidaten des Blocks der Parteilosen. Es war möglich, noch für andere zu stimmen, aber weil sonst niemand seine Kandidaten vorschlug, bedeutete das, dass ein weiterer Block nicht existierte. Und Juozas, als einer, der ihnen unterstellt war, hatte zu agitieren. »Alle zu den Wahlen«, verkündete General Teufels Bildungsminister, oder: »Die Verfassung, die der Führer der Bratoks uns geschenkt hat, ist die beste der Welt.« Die von den Bratoks ins größte Gebäude des Ortes Getriebenen meinten, es sei wohl besser hinzugehen und nicht ohne Grund den Löwen zu reizen. Die Gegenpropaganda aus General Teufels neuem Stab verbreitete den Slogan »Wählst du rot, bist du tot«. Den man vielleicht nicht wortwörtlich verstehen sollte, der aber bedrohlich genug klang. Sicher war das nur ein gelungener Spruch, von irgendeinem Studenten hingekritzelt, sehr einprägsam, wert, zum geflügelten Wort zu werden. Aber real war diese Drohung nicht, das wusste selbst General Teufel. Wer von den in den Listen erfassten Bewohnern nicht zur Wahl ging, den würden sich die Bratoks schon merken. Achteten sie doch diese Wahlen, bei denen es nichts zu wählen gab, mit grimmigem Ernst.

Zu ihren Wahlen hatte man möglichst früh zu gehen, sich geradezu an die Urne zu drängen, gleich dann, wenn das Wahllokal öffnete. Es empfahl sich, während man den Stimmzettel einwarf, etwas dem Staat und der herrschenden Ordnung Angenehmes zu sagen. Ebenso die Wahlprozedur möglichst früh zu beenden, hier sahen sich die an die verschiedensten Rekorde gewöhnten Bratoks wieder in einem Wettbewerb. Das Wahlresultat betrug stets 99,99 Prozent, es konnten auch ganze 100 Prozent vorkommen. Instruktionen der Obersten Wahlkommission erlaubten es, 0,01 ungültige Stimmzettel zu finden, und die wurden überall auch prompt gefunden. Ebenso verbot die Instruktion ein Wahlergebnis von mehr als 100 Prozent, auch dann, falls irgendeiner unerwartet käme, um die Genossen des Blocks der Parteilosen zu wählen.

Die Leute drängten zum Wahllokal, nahmen ihren Stimmzettel entgegen und begaben sich direkt zu den Urnen. Und nach anderthalb Stunden war alles vorbei. Juozas' Wahlkreis hatte sicher auch irgendeinen Rekord zu vermelden. Als jedoch die Wahlurne geöffnet wurde, fand Juozas zu seinem Erstaunen beinahe nur Stimmzettel mit jenem »Rot-Tot«-Slogan, einige zerrissene Bulletins der Bratoks und eins, das heil war, darauf der Name jenes verstorbenen, aber nicht beerdigten bratokischen Führers. Der Vertreter aus der Zentrale hatte aufmerksam den Ablauf verfolgt, aber nichts Verdächtiges bemerkt, es war, als seien alle Wähler plötzlich zu Zauberkünstlern geworden, und er schlug vor, den Zettel mit dem Namen des verstorbenen Führers – er gehörte dem einzigen Kolonisten der Bratoks, der die Wahlkabine aufgesucht hatte – für die geforderten 99,99 Prozent gültiger Stimmen zu erklären. Und die anderen für jene 0,01 Prozent, die ungültig waren. Als Juozas fragte, wie das aussehen würde, wenn er den Inhalt der Urne zur Behörde brächte, deutete der Vertreter geheimnisvoll an, es werde sich unterwegs alles schon richten. Juozas brummte irgendetwas und dachte, dass vielleicht dieser erfahrene Wahlkampfbeobachter es besser wüsste, dass nämlich alles nur Lug und Trug war. Oder dass die Wahlscheine, die von General Teufels Leuten kamen oder die man in Fetzen gerissen hatte, sich unterwegs tatsächlich in gültige Stimmen verwandeln würden. Dann fuhr er los auf einem Pferdeschlitten, zusammen mit dem Hausmeister... An diesem kalten Wintertag war Juozas geradezu vornehm gekleidet, natürlich mit seinen blitzenden Stiefeln, als könnte ihn im Wald jemand sehen, er lief nach einiger Zeit schon neben dem Fuhrwerk her, hüpfte und sprang, wobei er sich die schmerzenden Beine zu wärmen versuchte. Und dann rauschte, wie ein *deus ex machina*, dieser Lastwagen heran, überfuhr den tänzelnden Juozas, rollte dann im Rückwärtsgang über den am Boden Liegenden hinweg, stoppte, näherte sich dem Opfer, das sich nicht mehr rührte, von vorne, streifte den Schlitten, überschüttete ihn mit den aus der Urne purzelnden Wahlzetteln, denen mit den Texten der Gegenpropaganda, und dem einen gültigen, der ihm auf die von der Polutorka zerquetschte Brust flatterte.

Der Hausmeister brachte ihn, ohne die Wahlzettel eines Blickes zu würdigen, zur Ortsverwaltung, und die Bratoks wiederum schafften ihn mit einer anderen Polutorka ins Kreiskrankenhaus. Überhaupt sorgten sie sich sehr, ließen auch Judita und Aurelius kommen, die den bewusstlos Liegenden besuchen durften, so oft sie wollten, ihm Suppe brachten, und beachteten nicht die ironischen Fragen des Kleinen, der weiter den Naiven spielte. »Warum ist Papa so ganz weiß?«, »Warum sieht man nur Augen und Nase?« Und zuletzt: »Warum liegt er in so einem kleinen Häuschen?« Und Juozas, nach drei Tagen des Hindämmerns und der Erleuchtung, der in der ganzen Zeit nur das Wort »heiß« über die Lippen gebracht hatte, starb, jenem Kokon einer Seidenraupe ähnlich, und als niemand von den Hinterbliebenen ihn störte, sprach er folgendes Lebensresümee:

»Ich habe siebenundzwanzig Jahre auf dieser Erde gelebt und mir ging es vergleichsweise gut. Ich wurde von rechtschaffenen Eltern geboren, die dafür sorgten, dass ich etwas lernen konnte, ich brauchte nicht den Rücken zu beugen und das Brot im Schweiße meines Angesichts zu verdienen. Ich heiratete das schönste Mädchen im Seminar, dann die Schönste im ganzen Umkreis von General Teufels Hauptstadt, und sie gebar mir Aurelius, unseren

Goldjungen, der vom ersten Tag an alles verstand, der sie beschützte, als es nötig war, und ich hoffe, er wird sie auch weiterhin beschützen. Vier Jahre lang unterrichtete ich Kinder und nie trug ich ein Gewehr. Als die Bratoks verlangten, ich solle ihnen General Teufel ausliefern, stimmte ich sofort zu, denn ich wusste nicht, ob ich die Folter durchstehen würde. Aber ich habe sie hinters Licht geführt, geleimt, verarscht, indem ich das Verandafenster zunagelte und General Teufel nicht mehr zu mir kam. Dafür bin ich von den Bratoks dreimal überfahren worden. Und jetzt schließe ich für immer die Augen, mich nach denen sehnend, die ich verließ, getötet, aber mit allen versöhnt und ihnen vergebend. Amen.«

6

Und Juozas sah sich von oben. Sah das eher einer Larve als einem Menschen ähnliche Geschöpf, sah es und wollte nicht in dieses Geschöpf zurückkehren, weil ein derart zugerichteter Mensch, auch wenn er gesundete und am Leben bliebe, kaum der sein würde, der er einmal gewesen war, bevor ihn der Lastwagen dreimal überrollt hatte. Denn Juozas mochte sich gerade so, wie er zuvor gewesen war, frisch und munter, sämtliche Körperteile unter Kontrolle, gut gekleidet und gepflegt, vor Ort eine wandelnde Reklame für den Nutzen der Wissenschaft und ein glückliches Familienleben. Vielleicht deshalb, weil er es sich anders gar nicht vorstellen konnte, er wollte nicht in die kalten Landesteile, dort die unförmige Wattejacke tragen und Holz fällen, in einem Loch im Eismeer Fische fangen, an einem jener fantastischen Bauvorhaben der Bratoks teilnehmen oder an dem Experiment des ernährungstechnischen Perpetuum mobile. All das entsprach nicht seinem Bild von sich selbst, ohne das sich Juozas wie ein Nichts fühlte, wahrscheinlich genauso wie die Leute von General Teufels Stab, die nicht herunterkommen wollten, als sie auf dem Dachboden von den Bratoks erwischt worden waren und sich durch die Decke hindurch hatten erschießen lassen. Oder die beiden Brüder in General Teufels Bunker, die sich gegenseitig erschossen. Vielleicht gefiel ihnen ihr pilenisches Aussehen und nicht die bei Verhören zu Krüppeln geschlagenen, in Sträflingsjacken gesteckten, von Hunger geplagten, ausgemergelten Schatten.

Oder vielleicht wollte Juozas nicht wieder in seinen gemarterten Körper, weil er keinen Schmerz ertragen wollte, wie er es auch in jenem Keller nicht wollte, weil er nicht wusste, ob er es aushalten würde. Und jetzt tat nichts weh, überhaupt nichts, an der Decke des Krankenzimmers fühlte er sich, als wäre er der Juozas vor dem Überfahrenwerden, gestiefelt und gespornt und gut riechend, und nicht der danach. Auch diesem bewegungslosen Körper unten schien nichts wehzutun. Der lag ruhig und gleichsam zufrieden da, mit einer schlauen Miene, so als wollte er zu verstehen geben, er wisse jetzt mehr als alle anderen zusammen, obwohl er in Wirklichkeit gar nichts wusste und alle nur zum Narren hielt, hatte er sich doch schon in leblose Natur verwandelt. Unwissend wie auch der an der Decke befindliche Juozas, der sich gepflegt und mit gutem Schuhwerk sah. Ihm war nur so viel klar, dass er in den da unten Liegenden nicht zurückkehren wollte, keiner von den beiden wollte das.

Und er entfernte sich aus dem Krankenzimmer. Verließ es, ohne nach einer Tür, einem Fenster oder irgendeinem anderen Ausgang gesucht zu haben. Verschwand geradewegs durch die Decke, denn jetzt drang er, einem Gedanken gleich, überall glatt hindurch. Schon war er über dem Dach des Krankenhauses und sah es von oben, wo im ersten Bett der einem Kokon gleichende Juozas geblieben war. Das Krankenhausdach war ebenmäßig und hübsch anzusehen, erst unlängst war es neu gedeckt worden, alle Dachziegel heil, nichts war darauf liegen geblieben, nicht mal ein hochgeschleuderter Schuh. Kurz gesagt, auf dem Krankenhausdach herrschte eine beispielhafte Ordnung, vorerst zumindest, wie auf allen neuen Dächern. Dann, als das Dach sein Interesse verloren hatte, erblickte Juozas aus der Vogelperspektive die Kreisstadt, in der er zusammen mit Judita das Seminar beendet hatte, in die ihn die Bratoks gebracht hatten, mit einem Sack über dem Kopf, und wo er im Krankenhaus gelegen hatte. Der Fluss. Das Wehr. Gepflegte Häuser, die Gärten geometrisch genau voneinander abgegrenzt, Straßen. Flieger sahen das jeden Tag, aber Juozas erst jetzt. Bedauerlich? Er war zur Zeit nicht in der Stimmung, irgendetwas zu bedauern. Die Situation war auch nicht dazu angetan. Einzig um Judita und seinen Sohn machte er sich Sorgen. Sein Zustand war so, dass er, wenn er es wollte, in Erfahrung bringen konnte, wo sich Judita befand, um dann lautlos, durch die Wand in das kleine Haus zu gelangen, in dem sie zur Studienzeit gewohnt hatte und wo sie sich mit Aurelius aufhielt, während sich Juozas im Krankenhaus befand. Sie war schon wach und bereitete sich, von Unruhe getrieben, darauf vor ihn zu besuchen, obwohl noch tiefe Nacht war. Offenbar hatte man ihr schon hinterbracht, was passiert war, auf dieselbe geheimnisvolle Weise, wie auch Juozas wusste, wo sie zu suchen war. Sonst schien im Zimmer alles wie üblich, nicht einmal die Uhr war stehen geblieben, aber Juozas war nicht Goethe, oder Uhren blieben nur dann stehen, wenn man in seinem eigenen Zimmer starb. Vielleicht war sie dort verstummt, wo er mit Judita und Aurelius gewohnt hatte. Judita zog sich an, aber der Kleine schlief felsenfest, er war nicht geweckt worden, und das war gut so, denn draußen war es bitterkalt, überall Frost und tiefer Schnee, es gab Schneewehen, die bis zur Brust reichten. Aurelius war überhaupt schrecklich kälteempfindlich, er strampelte dann heftig und blieb die ganze Nacht über wach. Offenbar waren die Fenster im Haus undicht und so bekam er jene Krankheit, mit der er sich ein Leben lang herumquälen würde. Von irgendwoher wusste Juozas das, aber es wunderte ihn überhaupt nicht. So wie es ihn auch nicht wunderte, dass er Judita gefunden hatte, dass eine Wand für ihn kein Hindernis darstellte, dass er alles sah, ihr aber nichts sagen konnte. Aber was gab es letztlich zu sagen, wenn alles schon zu Ende war, finita...

Und Juozas trat zusammen mit Judita auf die Straße hinaus, winkte dem schlafenden Sohn zu, so wie seinerzeit, als er sich bei der Ankunft der Bratoks durchs Fenster entfernt und ihm ein Zeichen gegeben hatte, Judita zu beschützen. Auch jetzt tat er das, und der Kleine verstand ihn offenbar, denn er bewegte sich im Schlaf. Oder vielleicht konnte er ihn im Traum sehen? Wer versteht schon diese kleinen Kinder, die ihre ersten Jahre durchleben und an die sie sich später nicht erinnern. Vielleicht sah Aurelius jetzt alles viel klarer als sein Vater, der allenfalls spürte, was ihn erwartete, oder Judita, die nur wusste, dass sie ins Krankenhaus musste. Juozas begleitete sie durch die verschneiten Straßen, aber er ging nicht mit hinein, wozu sollte er das Krankenhaus betreten? Nur um zu sehen, wie Judita reagieren würde beim Anblick seines Körpers? Was für eine präzise Bezeichnung – »sein Körper« –, die er erst jetzt richtig verstand. Dort befand sich sein Körper und hier war er. Aber wer oder was war er eigentlich? Offenbar der, der sich wieder erheben würde über die Kreisstadt und aus der Höhe eines Vogelflugs in die Richtung blicken würde, wo sich das Haus seiner Eltern befindet, ganz in der Nähe in einem Dorf, ein dutzend Kilometer von der Kreisstadt entfernt. Als Kind hatte er sich dort, alles um sich herum vergessend, an den auf dem Grund eines Baches tummelnden Gründlingen begeistert und danach Prügel bezogen, hatte erfahren, was Schmerz ist, aber später hatte er nicht versucht, sich an Schmerz zu gewöhnen und gedacht, dass das unwichtig sei. Aber vielleicht wäre es doch für ihn wichtig gewesen, überhaupt ist im Leben alles irgendwann auch richtig, wichtig, nützlich und brauchbar, nur gibt es viel zu viele Dinge, die man erfahren und erfassen müsste. Er wird jetzt nicht das Haus der Eltern aufsuchen, um sie noch einmal zu sehen, mochten sie ein letztes Mal ruhig schlafen, bevor sie erfahren würden, dass Juozas nicht mehr unter den Lebenden weilte. Auch der jüngeren Schwester wird er nicht ins Fenster blicken, die hier in der Stadt neben ihrem Mann schläft, der Leutnant ist bei den Bratoks, den sie heiratete, weil er sie gerettet hatte, als sie wegen eines Blattes antibratokischen Inhalts in Verdacht geraten war. Auch nach der Älteren wird er nicht sehen, die auch einen Bratok geheiratet hatte, einen Hauptmann, aber nicht wegen irgendeiner Angelegenheit, sondern einfach nur so, ganz normal, wer weiß schon, was sich da tut zwischen den Geschlechtern. Auch den in irgendeiner Erdhütte schlafenden General Teufel und seine Männer wird er nicht mehr aufsuchen, obwohl er, wenn er nur wollte, sie leicht finden könnte. Auch der wird er nicht zuwinken, mit der er das erste Mal im Heu war. Er hatte bereits all diejenigen besucht, die in diesem Falle zu besuchen waren, und dann schoss er mit zunehmender Geschwindigkeit nach oben, Galaxien hinter sich lassend, ohne sich die Mühe zu machen, all diesen Sternen, Asteroiden, Wolken kosmischen Staubes, die ihm im Weg waren, auszuweichen. Er stieß geradewegs durch sie hindurch, fand heraus, ob sich Magma oder Wasser oder Gas in ihnen befanden, obwohl er das alles gar nicht mehr nötig hatte. Ihm war weder kalt noch heiß noch schwül oder stickig, im Gegenteil: Er fühlte sich frisch und munter und gekräftigt, nach Rasierwasser duftend, wie in den Zeiten vor dem Überfahrenwerden. So flog er hin zum Großen Schwarzen Loch. Und wer erwartete ihn dort? Kein anderer als der Hilfslehrer. Dieser Bursche, der zu ihm gekommen war, um sein Gehalt entgegenzunehmen, den neuen Lehrplan kennen zu lernen, der mit Aurelius gespielt hatte und dann gegangen war, eine Weidenrute in der Hand, mit der er Pusteblumen köpfte. Und der am nächsten Tag vorgeladen worden war wegen eines Zettels an der Scheune eines bratokischen Kolonisten, der aufgefordert worden war sich zu verpissen, dorthin, wo er hergekommen war. Der Hilfslehrer war dann im Keller der Kommandantur leblos aufgefunden worden, ohne gestanden zu haben, den Zettel angebracht zu haben. Jetzt sitzt er auf einem Stein, nahe des Großen Schwarzen Lochs, angezogen wie damals, als er Juozas aufgesucht hatte, das Hemd aufgeknöpft, die Weidenrute in der Hand. Genau so, wie Juozas ihn hatte gehen sehen, und winkt ihm fröhlich zu.

»Du hier?« Juozas ist verblüfft. »Warum empfängst gerade du mich?«

»Und wer sonst?«, antwortet der Hilfslehrer mit einer Gegenfrage. »Sind deine Eltern etwa hier? Und Judita und dein Sohn? Und die, über die du zuletzt nachgedacht hast?.« Sein ehemaliger Untergebener lacht.

Juozas spürt, wie ihm der Schweiß ausbricht.

»He, woher weißt du, worüber ich...«

»Hör zu«, entgegnet ihm der andere ruhig, »hier ist alles bekannt, nur dort kann irgendjemand etwas für sich denken oder verheimlichen, hier gibt es keinerlei Geheimnisse, und niemand wird deswegen verurteilt, denk was du willst, dazu ist dein Kopf schließlich da.«

»Hm«, brummt Juozas. »Und du bist gekommen als der, der mir am nächsten steht von allen hier Anwesenden?«

»Na, ich glaub schon. Die vom Dachboden des Heims sind noch da, sitzen drüben unter einem Baum, aber sie kommen nicht zu dir, weil sie meinen, dass dir diese Begegnung vielleicht nicht so angenehm ist. Hast du doch wegen ihnen...«

»Ach was«, sagt Juozas und blickt in die Richtung, in die der andere gezeigt hat. Dort sitzen tatsächlich General Teufels Stabsleute unter einem Baum und winken ihm zu. Sei gegrüßt, willkommen, dobro paschalowatj. Alle gesund und munter, so, wie sie durch den Ort spaziert sind.

»Hier ist alles bekannt«, sagt der Hilfslehrer, um noch hinzuzufügen: »Denk aber nicht, du könntest dich dort herauswinden.« Und er zeigt in Richtung des Großen Schwarzen Lochs, das einer dunklen Theatergrotte ähnelt.

»Und was ist dort?« erkundigt sich Juozas.

»Dort wirst du eine Beichte ablegen, aber nicht so, wie du in deinem Städtchen dem Priester, deinem Patience-Partner, gebeichtet hast.«

»O, verdammt!« Juozas ist nun sichtlich erschrocken.

»Angenehm wird es nicht werden«, belehrt ihn der Hilfslehrer, offenbar ein Kenner des Paradieses, »aber du hast dort ja keine Zeit gehabt, allzu viel zu sündigen. Hattest es eilig, zu uns zu kommen.«

»Na ja«, sagt Juozas.

»Dafür wird man hier nicht gelobt«, erwidert sein ehemaliger Untergebener kühl. »Auf der Erde gilt es zu leiden, solange man kann, auf keinen Fall darf man mit sich selbst ein Ende machen oder, so wie du, es so einrichten, dass andere es tun. In dieser Beziehung habe ich mir nichts vorzuwerfen, ich habe sogar, wie man so sagt, mein Soll übererfüllt.«

»Ja, ja, dieser Zettel, Ledinis...«

»Ich weiß, der Mann der Ex-Nonne hat ihn anbringen lassen. Also bin ich beinahe ein Heiliger, unschuldig gefoltert«, lächelt der Hilfslehrer, »während die« – er deutet in Richtung der Stabsleute – »dort mehr gefragt sind, wo das Theater geschätzt wird.« Er deutet in die Richtung, aus der Juozas gekommen war.

»Und warum?«, fragt Juozas.

»Na, sie hatten doch eine Wahl, hätten vom Dachboden heruntersteigen, sich ergeben und weiterleben können oder, wie es hier heißt, das Wichtigste erstreben.«

»Und was ist das Wichtigste?«, fragt Juozas abermals.

»Leben, indem man lieben lernt. Es scheint, dass wir dazu auf die Erde gekommen sind, oder wir werden, falls wir allzu gut über uns denken, dorthin zurückbefördert«, doziert der Hilfslehrer, als wäre er nicht erst vor kurzem hierher gekommen. »Auch du wirst bald alles wissen«, lächelt er, um Juozas Gedanken wissend. »Wenn du das dort passierst und ein wenig unter uns geweilt haben wirst.« Er zeigt auf das Große Schwarze Loch, das jetzt keiner Theatergrotte mehr ähnelt, sondern jenem weiblichen Organ, das er von Judita und den anderen Frauen her kannte: zartrot, feucht, glitschig und zugleich weich und anschmiegsam. Juozas erschrickt ein wenig vor diesem Gedanken und betrachtet heimlich das Große Schwarze Loch. Und fürchtet es plötzlich nicht mehr, obwohl er noch ein bisschen Angst hat, wie damals beim ersten Mal, aber zugleich zieht ihn jene Öffnung an, immer mehr, unwiderstehlich. Er blickt den anderen an. Der lächelt und nickt mit dem Kopf.

»Da hindurch kommen wir und gehen wir«, doziert er wie ein Weiser und verschwindet. Auch die Stabsleute, die unter dem Baum saßen, fast wie am Ufer der Mutter aller Flüsse, sind nicht mehr zu sehen. Juozas will sie noch irgendetwas fragen, aber er hat schon vergessen, was, denn jetzt kümmert ihn nichts mehr, nur das Loch zieht ihn an, in das er so schnell wie möglich hineinschlüpfen will. Und als er hineinläuft, bewegt er sich wie ein Schwimmer, taucht ein in die Tiefe, gibt sich der weichen, zarten Gastlichkeit des Loches hin, gelangt in eine dunkle, feuchte und warme Umgebung, blickt sich um. Aber überall ist es gleichmäßig dunkel, und er weiß nicht, in welche Richtung er gehen soll. Von allen Seiten dringen tiefe Seufzer auf ihn ein, zuweilen einem Jammern und Wehklagen ähnlich. Und plötzlich vernimmt er eine strenge Frage:

»Wieso stürzt du Hals über Kopf hier rein wie in eine Kneipe? Kehr um, Angeber wie du werden hier nicht gebraucht.«

»Das gilt doch hoffentlich nicht mir«, denkt Juozas verwirrt.

»Wem denn sonst?« Wieder diese Stimme.

»Aber ich bin doch die Bescheidenheit in Person.«

»So? Und wer hat geäußert: Ich habe sie hinters Licht geführt, geleimt, verarscht? Und ist gestorben mit einem Lächeln auf den Lippen, als wäre er schlauer als alle anderen?«

»Na, ich habe sie doch wirklich...«

»Oder sie dich. Gut, du hast niemanden verraten, bist gestorben, ohne, wie man so sagt, dich beschmutzt zu haben, hast vermieden, was, deiner Meinung nach, unvermeidbar gewesen wäre usw. Und Judita mit dem Kind? Was haben sie zu erwarten? Ich weiß, man wird sie nicht in die Verbannung schicken, sie nicht anrühren. Aurelius wird sogar eine Pension erhalten. Aber was es für eine Frau bedeutet, ohne Mann zu sein, und für einen Sohn, ohne Vater aufzuwachsen, darüber hast du überhaupt nicht nachgedacht. Dir war am wichtigsten, keinen Schmerz ertragen zu müssen, im Gefängnis nicht die Sträflingsjacke zu tragen. Und wolltest nicht hören, als Judita dich aufforderte, dich abermals zur Kreiskommandantur zu begeben und dort einzusitzen, mochten sie dich ein wenig prügeln, dich verurteilen, sie selbst und den Kleinen wegbringen, wenn du nur am Leben bliebst. Die beiden hätten auf dich gewartet, wie lange es auch gedauert hätte. Sie hatte doch alles verstanden, was vor sich ging. Sie wusste, was sie zu erwarten hätte, auch wenn man ihr nichts antun würde. Sie wusste, was eine junge Witwe mit einem kleinen Kind zu erwarten hatte.«

Und Juozas stöhnt, jammert auf einmal, wie er anfangs, gerade angelangt im Großen Schwarzen Loch, es in seiner Umgebung hatte stöhnen und jammern hören. Das hier war in der Tat kein Zuckerschlecken, obwohl es zunächst so schien, als ob man nichts zu fürchten hätte. Er hatte nicht seine Seele verraten, anderen kein Leid zugefügt, aber er hatte Judita und Aurelius ihrem Schicksal überlassen, die Menschen, die ihm am nächsten standen.

»O Gott, o Jammer«, seufzt Juozas, »was habe ich getan, was bin ich für ein Trottel. Hätte ich doch, als ich mich selbst von oben sah, noch zurückkehren können, aber nein, ich wollte nicht zurück in dieses Wrack und später vielleicht an Krücken gehen wie ein alter Mann.«

»Sieh an, du beginnst zu begreifen – aber du konntest ja alte Leute nicht ausstehen. Hast die Nase gerümpft, wenn du die asthmatisch geblähte Brust von Juditas Vater sahst, dazu dessen Großmutter, alt wie Methusalem, und niemals ist es dir in den Sinn gekommen, dass sie ertrugen, was ihnen zugeteilt war. Die Großmutter zum Beispiel ist nicht ins Wasser gegangen, als sie mit Judita im Bauch sitzen gelassen wurde von diesem Grafensöhnchen. Sie läuft noch immer herum, auf einen Stock gestützt, und wird künftig auf Aurelius aufpassen. Mit anderen Worten, sie wird das tun, was deine Pflicht gewesen wäre.

Und er hatte nicht mal gelernt, den Kleinen zu füttern. Wenn der anfing zu plärren, hatte er laut zu singen begonnen und ihn zu übertönen versucht. Dann hatte sich das Kind beruhigt und erstaunt gelauscht, aber nicht immer, manchmal plärrte es weiter, vielleicht weil ihm irgendetwas wehgetan hatte. Wieder jammert Juozas vernehmbar, so wie die anderen um ihn herum, die er nicht sah. Sicher erinnern auch sie sich an unliebsame Dinge. Und der letzte Gedanke, bevor er sich durch die Galaxien in Richtung Großes Schwarzes Loch davongemacht hatte? Seine Familie hatte er in völliger Ungewissheit zurückgelassen und sich davongemacht, als hätte er tatsächlich getan, was er hatte tun können. Und nicht sich davongestohlen, ohne es versucht zu haben.

»Auch krumm und lahm, auch mit Asthma wärst du ihnen recht gewesen. Und jetzt werden sie ohne dich leiden. Nein, die Bratoks werden ihnen nichts tun. In dieser Beziehung ist alles in Ordnung. Aber was ist, wenn nach dem großen Kummer der Unwille zu leben, der Neid gar auf die, die den Verstand verloren, die Oberhand gewinnen? Was kommt dann auf Judita zu? Und auf den Kleinen? Darüber hast du überhaupt nie nachgedacht, das passte nicht in deinen Männerschädel, dir war es am wichtigsten, nicht ausgelacht zu werden, nicht das Gesicht zu verlieren. Woher weißt du, dass du es nicht ausgehalten hättest? Der Hilfslehrer hat es doch auch durchgestanden, ohne darauf vorbereitet zu sein.«

Abermals seufzt und jammert Juozas, dass er all dies nie bedacht hatte, aber nun ist es zu spät. Was wird sie tun, wem wird sie begegnen? Wird Aurelius einen Stiefvater haben? Oder Onkels, die kommen und gehen? Jetzt heult und schluchzt Juozas laut und hemmungslos, dass es im ganzen Großen Schwarzen Loch widerhallt. Von seiner Selbstzufriedenheit ist nichts, aber auch gar nichts geblieben. Gern würde er jetzt aus dem Loch herausklettern und zurückkehren, aber er weiß nicht, wohin er gehen soll. Ist wirklich Schluss, Aus, Ende, Finis? Oder kommt da noch etwas?

»Nein, Juozas, Schluss, aus und vorbei. Zu viel Zeit ist bereits vergangen. Wärst du seinerzeit von der Decke oder in dem Haus, in dem Judita mit dem Kleinen übernachtete... Aber nun nicht mehr. Man sollte schon ein wenig von der Physik des eigenen Körpers verstehen, der ist nun schon kalt und aus dem Krankenzimmer getragen worden, damit er andere Kranke nicht nervt, noch fünf von ihnen waren dort, die du nicht bemerkt hast, weil du bewusstlos warst. Die ganze Zeit über hast du nur einmal »heiß« gesagt, als man dir Suppe einflößte, die Judita gebracht hatte. Schluss, Aus, Ende, Amen. Damals hätte man schnell handeln müssen. Aber du hattest schon überall ein Kreuz gemacht und gemeint, alle ausgetrickst, geleimt, verarscht und deine Familienangelegenheiten aber anständig geordnet zu haben. Du sollst wissen, dass man alles nach eigenen Gesichtspunkten ordnen kann und auch sollte, nur nicht den Zeitpunkt, an dem man abtritt, einen Punkt setzt, denn stets wird das ein Fehler sein, und dann heulst und jammerst du hier, dass es sogar im Großen Schwarzen Loch widerhallt. Hämmere dir das in deinen dummen Schädel, du Schlaumeier, der glaubt, es allen gezeigt zu haben.«

Da ist niemand, der Juozas foltert, prügelt, ihm die Nägel ausreißt oder die Finger zerquetscht, aber er fühlt sich so, dass er gern gefoltert, geprügelt und zerquetscht worden wäre, denn dann, so scheint ihm, wäre es leichter. Und er sehnt sich danach, von irdischen Henkern gequält zu werden, vom irdischen Frost, dort, wo man nicht an einer Stelle pissen kann, von tierischem Hunger, so dass man die eigenen Läuse verzehrt oder schon einmal ausgeschiedene und wieder ausgewaschene Weizenkörner. Er ist bereit, sich in Stücke zu reißen, aber da ist nichts, was man zerreißen könnte, niemand kann wirklichen Seelenschmerz lindern. Hier hat er sich abermals geirrt. Nichts quält schlimmer als seelische Schmerzen. Nicht von ungefähr schlagen Menschen, die davon befallen sind, die Köpfe gegen die Wand, fügen sich Wunden zu, reißen sich die Haare aus. Aber hier ist nichts... Rundherum nur graue, grenzenlose Dunkelheit.

Juozas hört, was sich um ihn herum abspielt. Heulen, Jammern und Zähneklappern, wie es in der Heiligen Schrift heißt. Niemand lacht hier. Für alle ist es schwer. Und wenn man nun wirklich Böses getan hatte, sich nicht nur, wie Juozas, zu früh davongemacht hatte? Dann war man nicht zu beneiden, doch war es andererseits möglich mehr zu leiden, als er jetzt litt? Offenbar wird er darauf keine Antwort bekommen, denn er sieht nichts um sich herum, er hört nur. Dieser Ort scheint weder für Gespräche gedacht noch für den Austausch von Erfahrungen.

»Und wie, Juozas, steht es mit dem Glauben?« Sein Befrager hat das Thema gewechselt.

»Wie, was?« Juozas versteht nicht, er ist in Gedanken noch beim vorangegangenen Thema.

»Hast du so geglaubt, wie es den Anschein hatte? Bist in die Kirche gelaufen, hast die Schüler hingeführt, bist zur Beichte gegangen, einmal hast du sogar in einem Stoppelfeld auf den Knien gelegen und gebetet. Hast du so fest geglaubt?«

Juozas begreift, worauf der Frager hinauswill. Und beginnt zu erklären:

»Na ja, die Wissenschaft, so wie man sie mir beigebracht hat, gab keine Antwort, woher alles kommt. Vieles erklärte sie zwar bis ins Detail, bis zu den Atomen und Molekülen, aber auf diese letzte Frage antwortete sie nicht. Daher dachte ich, dass *vielleicht* existiert, was ich jetzt gesehen habe. Hat sich doch diese Welt niemals gezeigt und kein Zeichen ihrer Existenz gegeben. Und die Geschichte mit der Heiligen Familie, für den Menschen ist sie schwer verständlich. Etwa das ›Gen-Himmel-Fahren‹ des Körpers. Wo doch hier für den Körper gar kein Platz ist?«

»Das heißt, du hast einen Gläubigen gespielt, warst aber in Wirklichkeit ein Zweifelnder?«

»So ist es.«

»Ist das nicht Heuchelei?«

»Ich glaube schon!«

Schon ist es leichter, über das zu sprechen, was er falsch gemacht hatte. Das Gespräch mit seinem Befrager wandelt sich aus einem strengen und schmerzhaften Verhör in einen ruhigen Disput.

»Wegen der Schüler«, fügt er hinzu, »unsere Schule war katholisch.«

»Übrigens hast du ihnen gegenüber viel von der Heimat geredet: die Heimat, der Heimat, für die Heimat... Und bist gleich zu Anfang getürmt und erst dann zurückgekehrt, als du gesehen hast, wie gekonnt die Bratoks Schiffe versenken, und du nicht eine Beute der Aale werden wolltest«.

»Stimmt, so ist es gewesen. Aber ich konnte auch nicht ohne Heimat, ohne Vaterland sein. Konnte mir nicht vorstellen, woanders zu leben.«

»Und warum bist du dann nicht zu General Teufel gegangen, ein Gewehr in der Hand?«

»General Teufel fehlte es nicht an Leuten. Auch ich war an meinem Platz. Hinzu kam, dass ich glaubte, die Bratoks an der Nase herumzuführen und dass sie mir vertrauten. Ich dachte, ich wäre die Katze und sie die Mäuse. Doch es zeigte sich, es war umgekehrt. Und sie regelten die Angelegenheit so, dass mir keine Zeit blieb für heroische Gesten.«

»Wie meinst du das?«

»Na, vielleicht: Auf der Flucht erschossen oder etwas Ähnliches. Aber so, wie es kam, ist es gut.«

»Und welchen Sinn, glaubst du, hat das alles gehabt?«

»Na ja, wenn schon mein Hilfslehrer alles durchschaut hat und deshalb fortging, die Stabsleute nun gekommen sind, um mich hier zu treffen, dann werden mich die dort unten auch verstehen, die sind doch nicht blöde. Nur – diese Heimat, die fordert einfach zu viel von uns. Wegen ihr bin ich zugrunde gegangen und hätte stattdessen im Amiland ganz normal leben können, aber immer noch war ihr dieser Preis zu gering. Vielleicht ist Heimat eine Sache, die immer nur fordert und lediglich die Hoffnung verbreitet, irgendwann auch etwas geben zu können. Aurelius wird kaum etwas von ihr bekommen, allenfalls seine Kinder und Kindeskinder.

»Dann hast du vielleicht diese Heimat, die schwach war wie ein Kind, zu dem Zeitpunkt verlassen, als sie dich am nötigsten brauchte?«

»Na ja, ich habe sie nicht im Stich gelassen, ich bin weder ausgereist noch in die Verbannung geschickt worden, mir hat nur irgendjemand geholfen, sie zu verlassen und ins Große Schwarze Loch zu geraten.«

Juozas findet jetzt Zeit, sich ein wenig umzusehen. Die Finsternis um ihn herum ist zu einem hellen Grau geworden, aber immer noch undurchsichtig wie dichter Nebel oder eine Wolkenwand. Auch Schreie sind nicht mehr zu hören. Er hört, wie geredet wird, hier hitzig, dort ruhig, und vor ihm, so scheint es, lacht einer. Alles macht den Eindruck, als bewege er sich mit den anderen aus völliger Finsternis dorthin, wo es heller und ruhiger ist. Als hätte man das Schlimmste nun hinter sich.

»Du mochtest den Pflug nicht, Juozas, der zum Symbol deines Volkes wurde.«

»Aber dafür hat mich niemand verurteilt. Ich hätte nur damals nicht während der Ferien im Roggenfeld niederknien sollen und den Allerhöchsten anflehen, er möge mich davor bewahren, mein Brot mit dieser schweren Arbeit verdienen zu müssen. Das war billig und hätte vielleicht den einen oder anderen beleidigen können. Außerdem hilft so etwas niemals. Und das ist gut so, was wäre, wenn es schon ausreichte, nur die Hände zum Himmel zu erheben und etwas zu erflehen. Andere würden dann nur auf den Knien liegen, und nichts weiter tun. Man muss aus eigener Kraft erreichen, was man will, dann schafft man es auch. In meinem Fall war es so.«

»Also hast du alles erreicht?«

»Nein. Ich rede hier über meinen beruflichen Werdegang. Ich habe alles richtig gemacht, um diesen Posten zu besetzen.«

»Und alles andere?«

»Alles andere war mir nicht so wichtig, und hier habe ich Fehler gemacht.«

»War es ein Fehler, dass du Judita geheiratet hast?«

»Nicht dass ich sie geheiratet habe, aber ich habe ihr Dinge gesagt, die ich besser für mich behalten hätte, ich habe nicht daran gedacht, wie sie darauf reagieren wird. Wenn mir das von klein auf das Wichtigste gewesen wäre, dann hätten wir uns bestens verstanden. Aber wie ich schon sagte, man kann nicht auf alles gleichermaßen vorbereitet sein.«

»Und was General Teufel anbelangt?«

»Dasselbe. Ich war darauf vorbereitet, diesen Posten einzunehmen. Und ansonsten verließ ich mich auf andere. Aber General Teufel war offenbar nicht so gut vorbereitet, um uns schützen zu können.«

»Und du bist unter die Räder gekommen?«

»Ja.«

»Und gibst General Teufel die Schuld, den Bratoks, dem Schicksal?«

»Ich beschuldige niemanden. Ich sage nur, dass ich alles getan habe, um nicht hinter einem Pflug herlaufen zu müssen, und dass ich zuwenig getan habe, damit Judita mit mir glücklich geworden wäre, damit Aurelius einen Vater gehabt hätte, es ist alles so gekommen, aber das ist nicht nur meine Schuld. Ich konnte doch nicht den Krieg der Arier gegen die Bratoks aufhalten oder gar verhindern, dass im Ort nicht nur die wahnsinnig gewordene Frau des Müllers zurückblieb und das Waisenhaus, dass alle erschossen oder in die Verbannung geschickt werden, dass, dass... Ich weiß nicht, wer es hätte verhindern können.«

»Und deshalb bist du hier?«

»Ja, deshalb bin ich hier.«

Nebenan lacht jemand. Juozas sieht sich um und erblickt in der Dämmerung den Hilfslehrer. Er steht einige Schritte von ihm entfernt und scheint sich köstlich zu amüsieren.

»Was ist passiert?« fragt Juozas verwirrt.

»Wieso?«

»Ich glaube, ich habe jemanden ganz unhöflich unterbrochen, den Herrgott persönlich oder einen seiner Buchhalter.«

»Aha, du glaubst also, dass dich jemand ausgefragt hat?«

»Na sicher.«

»Zuviel der Ehre, mein Lieber. Hätte hier jeder seine Akte und jeder würde einem nachlaufen, um seine Gedanken und sein Verhalten zu registrieren, dann hätten wir so eine riesige Bürokratie, dass bald keiner mehr wüsste, wo es langgeht. Es wäre dann wie in Kafkas ›Schloss‹. Hast du das gelesen?«

»Ja, und so ähnlich fühle ich mich auch, das kannst du mir glauben. Irgendjemand weiß alles über mich und hat mich so in die

Mangel genommen, als wäre ich für alle Sünden der Welt verantwortlich. Und ich rechtfertigte mich, bis ich nicht mehr konnte.«

»Hast du irgendeine Stimme gehört?«

»Nein, eigentlich nur gespürt, dass man antworten musste. Es ging zu wie bei einer Beichte und ich begriff, ich würde nichts verheimlichen können. Hinzu kommt, dass ich Ansichten vorgetragen habe, die mich selbst erstaunen.«

»Wem gegenüber wolltest du denn etwas verheimlichen?«

»Wie?«

»Na, sich selbst gegenüber kann man doch nichts verheimlichen.«

»Was willst du damit sagen?«

»Rate mal!«

»Dass ich mit mir selbst gesprochen habe?«

»Du hast eine gute Auffassungsgabe, Juozas. Alles kapierst du sofort. Nicht von ungefähr bist du Direktor geworden.«

»Und all die, die um mich herum stöhnten und jammerten?«

»Na ja, sie hatten Gelegenheit, im Dunkeln auszuharren und alles endgültig mit sich zu klären. Eine Erfindung, die jede Buchhaltung überflüssig macht.

»Das ist ein starkes Stück. Verdammt noch mal!«

»Du sollst nicht fluchen, Juozas. Soeben hast du das Fegefeuer durchlaufen.«

»Und was ist jetzt?«

»Willkommen im ewigen Licht. Wir begrüßen den Neuankömmling!«

Juozas blickt geradeaus und nimmt ein deutliches, aber angenehmes Licht wahr, aus dem ihm General Teufels Stabsleute zuwinken, der an einem Herzanfall gestorbene Nachbar und andere Bekannte.

»Das Licht am Ende des Tunnels?«, erkundigt sich Juozas.

»Du denkst immer noch zu sehr in irdischen Kategorien«, erwidert der Hilfslehrer und lacht.

Anmerkungen

1 Bei Tannenberg fand im Jahre 1410 die für die weitere Beziehung des Deutschen Ordens zum litauischen Großfürstentum bedeutsame Schlacht statt, bei der das Heer der deutschen Ordensritter von einer vereinigten litauisch-polnischen Streitmacht geschlagen wurde.
Kriven, litauisch-heidnische Priester; Vaidiluten, ähnlich den Vestalinnen, bewachten das heilige Feuer.

2 »Bratok« (russ.) Brüderchen. So sprachen sich die russischen Soldaten untereinander an, was von den Litauern als offizielle Anrede missverstanden wurde.

3 Eine Anspielung auf die Zeit des Großfürstentums Litauen, das sich von der Ostsee bis zum Schwarzen Meer erstreckte.

4 So wird der Nemunas (die Memel), der größte Fluss Litauens, genannt.

5 Im Jahr 1336 umzingelten Ordensritter die Burg Pilenai, deren Verteidiger sich mit all ihrem Hab und Gut selbst verbrannten, als sie sahen, dass ihre Burg gegen die vielfache Übermacht nicht zu halten war.

6 Litauische Flieger, die 1933 von den USA aus den Atlantik überflogen – eine Rekordleistung –, bei Soldino (Polen) abstürzten und tödlich verunglückten.

7 So wird die Neris, Litauens zweitgrößter Fluss, genannt.

8 Held des in Litauen sehr bekannten Märchens »Egle, die Natternkönigin«, ein Zwitter aus Mensch und Natter, der als Natternkönig im Meer lebt.

9 Litauischer Kapitän einer US-Basketballmanschaft, mit der er 1936 bei den Olympischen Spielen ein Turnier gewann. Drei Jahre später wurde er mit der litauischen Nationalmannschaft Europameister.

10 Verschwindet von hier! Oder: Raus! (russ.).

11 Abgeleitet von »kaput« (russ.) – umgangssprachlich.

12 Eier, Speck, Butter (russ.).

13 Keine Gnade (russ.).

14 Von: mein Lieber (georg.).

15 Heidnische litauische Gottheiten.

16 Metaphorischer Name für Litauen.

17 Hände hoch (russ.).

18 Kinderchen (russ.).

19 Mutter (russ.), hier als Teil eines sehr gebräuchlichen Fluchs.

20 Ade (lit.).

21 Abgeleitet von lit. »ledas«, Eis.